KB013322

참세상

마음의 눈을 뜨게 하는 지혜의 詩

글 저작권자 ⓒ 1998 우 명
이 책의 저작권은 저자에게 있습니다.
저자와 출판사의 허락 없이 내용의 일부를 인용하거나 발췌 및 전재하는
것을 금합니다. 저자와의 협의에 의해 인지는 생략합니다.

Copyright ⓒ 1998 Woo Myung.
All rights reserved including the rights of reproduction in whole
or in part in any form. Printed in Seoul, Korea

참세상

마음의 눈을
뜨게 하는
지혜의 詩

우 명 지음

참출판사

우 명 禹明

경북 의성에서 태어나다.
삶의 갖가지 역경을 거치며 삶에 대한 깊은 성찰을 하면서
진리에 대한 마음의 눈을 뜨다.
교육 출판 사업과 입시학원 원장을 하면서 구도에
힘써오다가 병자년 1월 초 완전한 진리를 이루다.
진리이어서 진리를 가르쳐야 하는 운명임을 알아
1996년 마음수련 방법을 창시하다.
마음과 진리에 대한 일깨움의 대중화에 힘쓰다.

저서로
<세상 너머의 세상> <하늘의 소리로 듣는 지혜의 서>
<하늘이 낸 세상 구원의 공식> 시집 <마음> 등이 있다.
특히 <이 세상 살지 말고 영원한 행복의 나라 가서 살자>의
영역본은 세계 최대 인터넷 서점인 '아마존닷컴'에서
주간 종합 베스트셀러 1위를 기록하였으며,
5개 국제도서상 2013 LNBA, IBA, NIEA, IPPY Awards,
2012 eLit Awards 철학, 정신 분야에서 금메달을 수상했다.
또한 <진짜가 되는 곳이 진짜다>의 영역본은
2014 에릭 호퍼 어워드 몽테뉴 메달과
2014 NIEA 철학 부문 금메달을 수상했다.
우 명 선생의 저서들은 영어, 프랑스어, 스페인어,
포르투갈어, 이탈리아어, 스웨덴어, 헝가리어, 일본어,
중국어 등 세계 여러 언어로 번역, 출간되고 있다.

차례

[1부] 순리

[2부] 인생

[3부] 참세상

순리

제1부

마음

마음이란 가짐 없는 것이 마음이지
마음이란 천지만상 모든 것이 마음이지
마음이란 일체의 형상 형체
생각하고 생존하는 마음 또한 마음이지
마음이란 가진 일체 모든 것의 형상과 형체
개체의 마음도 마음이지
마음이란 본래가 있고 없고도 아닌 그대로지
마음이란 실상의 세계
마음세계 모두가 마음이지

마음이란 하늘 땅 사람 하나이지
마음이란 둘이 아니지
마음이란 그대로 만상만체이지
마음이란 자기의 근원 또 자기의 있음
모두이고 다름 아니지
마음이란 생각이고 또 일체가 끊어짐이지
마음이란 세상에 창조된 모든 것이고
창조되는 모든 것이지

순리

순리는 하나이어라
순리는 진리이어라
순리는 만상이어라
순리는 막힘이 없어라
순리는 평등이어라
순리는 우리이어라
순리는 저절로이어라
순리는 긴 세월이어라
순리는 순서이어라
순리는 참이어라
순리는 있음이어라
순리는 없음이어라
순리는 자기이어라
순리는 삶이어라
순리는 죽음이어라
순리는 자연이어라
순리는 그대로이어라
순리는 가짐이어라
순리는 안 가짐이어라

순리는 비움이어라

순리는 채움이어라

순리는 우주만상 있는 대로 전부이고

자연 그대로이어라

삶

흐르는 세월을 막을 자가 없고
흘러간 세월을 탓할 자도 없구나

인생은 하나의 세월의 충(蟲)이 되어
세상살이를 하고 살지만

아무도 이 뜻을 알지를 못하니
세월 바람만 무상하구나

사는 삶이 덧없음이 맞지만
그래도 삶은 재미도 있어야지

재미란 다름 아닌 가짐 없는 마음에
먹고 즐기고 기뻐함 또한 있어야지

순리 지키는 편안한 마음에
사람이 자기를 자기 아니게

기쁨 슬픔 속에 있지 않고
그냥 잘 살고 자식새끼 키우며

삶에 즐거움을 찾아 삶도
사람이 가지는 하나의 일이라

형체

일체가 없으면 완전함이 되고
완전함이란 일체가 없음이라
일체에 만상만사가 있어도 또한 없음이라

없음의 자리는 스스로 존재하나
스스로는 있음이 아니라
이 천지만상이 상(相) 아닐 때 참이고
참이란 원래이면서 개체의 생각이 없음이라

개체는 스스로 존재하나
하나의 완전함의 표상이라
완전함이란 형체에 의함이라

사람이 하늘 날지 못함은
다름 아닌 사람은 사람의 형체에
속해 있음이고 속해 있다 함은 그 모양에
사람의 마음과 형체들의 마음이 있음이라

근심

잔잔한 마음은 하나의 호수요
잔잔한 마음은 천지만상이 없음이니
천지만상이 하나의 없는 마음이요
없는 정이나 사람의 번뇌만 치고 또 친다

하늘 따라 뜻 따라 모두가 가고 오누나
모두는 가는 줄 오는 줄 모르는 가운데
나만이 하늘 되어 근심하고 있으니
언제나 나의 뜻이 전하여지나
속이 답답하구나

하늘의 뜻

골짝 골짝에는
만물이 생동하는 봄의 계절
사람들은 모두 다 한가한 가운데
자연의 이치를 모르고 살아가니
인생은 하나의 가짐의 이치 속에
너무나 오랜 세월 갇혀 있구나

갇힘이란 스스로 가두어놓고
사람이 벗지 못하는 것이니
사람에게 바름을 가르친다 해도
사실의 본뜻을 모르고서는
사람이 진리를 알지 못하지

못하는 것도 세상에 가두어져
세상의 밖에를 가보지 못하니
가는 방법 가르침이 하늘 뜻이라
하늘 뜻은 원래 없지만 하늘은 또 뜻이 있어라
마음만 분주히 사람을 좇고 사네

마음

하늘마음은 뜬구름이어라
사람 마음은 자기의 있음이라
이 세상에는 많고 많은 사연
모두가 자기 가짐이라

하늘의 뜻은 없는 가운데
만상만사가 있으니
없다고 하는 것은 있음의 예비요
없음의 장소이라

이 세상에는 가질 것이 없으나
가질 것이 있고 가질 것이 없으나
또 가짐에서 헤매는 것은 삶이 있어서지

삶이란 인생이 있음이지
인생이란 자기의 가짐에서 살고
가짐으로 생을 사니
모두가 헛됨을 아는 것이 도(道)지

유정 무정

유정이란 있음이라
있음이란 가짐이라
가짐은 집착이라
가짐이 있기에 유정이 있지
유정이란 하나의 자기 있음이지
자기가 있는 것은 개체의 형체이지
형체는 무정에서 와서 유정이 되었지
유정은 다시 무정이 되지
무정은 본래이면서
만상의 어머니이지

유정이 유정이 되면 완전함이 아니니
유정이 무정이 되어
무정의 무정의 유정이 진리이지
진리는 변하지 않는 것이 진리지
변하지 않는 실체는 무정의 화기(和氣)이지
무정의 화기는 하나의 상념체이면서 실체이지
실체에 실체를 심은 것이 신계이지
신계(神界)란 참 삶이지

만상이 그대로 존재하고
요구대로 되는 곳이지
만들고 부숨이 없는 곳이지
신계는 영원한 곳이지
신계는 마음이 없는 곳이지
신계는 참의 곳이지
신계가 세상의 실체이나
사람이 살고 있는 곳이
실체라 착각하고 살지

하늘 표상

인생은 인생이라 사람은 사람이라
낯설은 사람이 객지에 살아도 사람이고
낯익은 사람이 사람 가운데 있어도 사람이고
사람은 사람이라
이 세상의 모든 것은 그것일 따름이라

사람이 천지에서 생기고 얻는 건
다름 아닌 사람이 만드는 사람의 마음이지
원래는 아니라는 것과 근본이라고 하는 것은
다름 아닌 하나이고 없음이라

없음이란 원래는 또 있음이라
있음은 없음이니
없다는 말은 있음이고
있다는 말은 없음이라
천지는 나타난 인생이 곧 없음이니
하늘의 표상이 바로 만상과 인간이라

수명

세월 따라 인생 따라 늙어만 간다
사람이 늙어감은 자연의 순리이어라
자연은 순리고 저절로이어라
인간은 누구나 어차피
고독하게 한세상 살아가지

한세상은 사는 삶의 한계지
사는 삶이란 현상계의 유한이지
현상계의 유한이란
형태 있음의 기간이지
만상의 형태 있음의 수명은
형태마다 있고 종류마다 있지

이 세상을 만든 것이 하나이지만
그 이치 모름이 인간이니
사람들이 잠 깨어 모두 일어나
하나 되는 세상 죽고 삶이 없는 경지
알고 살아야 완전함이지

사람

긴 한숨에 휘파람 불어본다
세월 따라 생긴 사연이다
언제나 하늘의 뜻은
어디론가 전하여지구나

하늘은 없지만 스스로에 있으니
능히 못함이 없으나
사람은 하늘 땅 사람이 모두가
같음을 모르고 살지
사람은 사람으로 살아가지

사람밖에 원래를 모르지
하늘이 사람임을 모르지
하늘이 하나임을 모르지
사람은 그냥 모르지
안다고 하는 이도
실제로는 모르고 살지

나의 고민

팔 벌려 사람에게 오라고 할까
팔 벌려 사람에게 오라고 할까
무슨 소리로 오라고 해야만
나의 말을 들을까 걱정이 앞선다

나를 모르니 갑갑한 심정에
나는 하늘 본다
하늘만 나의 벗 된다
하늘은 뜻이 없다
그것이 나는 좋다
수많은 고민도 나는 없구나

사람만이 짓고 부수니
나는 그만 어이가 없다
구름 하늘 달 모두가 친구 된다
사람과 나는 고민의 대상이고
하늘과 만상이 나의 벗이어라

나의 뜻

잘난 이는 모두 도를 하지 않고
못난 이는 모두 돈이 없어도 참 찾아왔구나

인생이란 일장춘몽에 가고 오고 하지만
사람들이 하늘의 뜻을 알지를 못하지

허망한 인생에 한을 안고
하늘 쳐다보면서 뜻도 알지 못하고
가슴에 한을 안고 살아가구나

세상의 일이 일 아님을 알지 못하는 사람들
나는 가슴 아픔 안고 있다

모두 모두 하늘의 뜻을 알지 못하구나
말 없는 하늘의 뜻을 인간은 알지 못하고
하늘이 무엇이냐 따지기만 하구나

인생이 무엇이냐
사람의 삶이 인생이지

사람은 사람이고 인생이 있어 업연이 있지
업연이란 하나의 삶에서 생기지

긴 한숨에 사람들은 갈 길을 모르누나
무엇을 위해 살아가고 무엇을 위해 사는지

사람이 알지를 못하고
사람은 스스로가 자기를 묶어 살아만 가구나

나는 이 세상의 사람에게 지혜를 가르친다
지혜란 다름 아닌 가짐 없는 마음이지

가짐 없는 것이 최고의 복임을
인간은 사는 삶의 업연으로 알지를 못하지

하늘 구름 저 먼 곳에는 만상만물 있건만
사람이 분별 짓고 가짐 안 버리려 하니

그것이 나의 고민이요 나의 번뇌로다
나는 나이며 없으나 사람들만 괴롭구나

무엇을 위하여 살아가고
어디로 가야 할지 사람들이 알지 못하니
갑갑한 심사만이
사람의 가슴에 남아 있는 것을

하늘의 뜻을 실어 가슴에 안김이
나의 뜻임을 사람이 모르고

나를 시비하려는 마음만
사람 사람의 마음에 남아 있으니
기나긴 세월 속에 사람의 한이로구나
이 한이 벗겨지는 날
사람은 인간답게 살아가지

인생이 허망한 삶을 벗어나지
인생은 사람으로서 살아가지

사람은 사람임을 알 때
진짜 사람이지

인생

새 생활이 전개된다
인생이란 삶이 있어
삶에도 바름이 있어야 하는데
사람들이 바름을 모르니
바름을 일깨워 살려야 하기에

바름이란 다름 아닌 개체가 없음이지
개체란 하나의 자기 있어 생긴 자기 가짐이지
자기의 생각과 자기의 일체를
모두 버려야 바름이지
일체는 모두 다이지
모두 다란 전부니 전부를 없애라는 것이지

인생은 하나의 마음에
부스러기 짐을 지고 살아가고 있으니
그 집착의 뜻도 모르고 살아가니
인생은 하나의 거짓의 삶에
거짓을 가지고 있음이라

마음이란

마음이란 공허함도 아니고
마음이란 있음도 아니고
마음이란 없음도 아니고
마음이란 일체가 없고
마음이란 일체가 없음조차 없고
마음이란 오욕칠정이 없고
마음이란 보고 듣고 냄새 맛과 감각이 없고
마음이란 가짐 안 가짐조차 없고
마음이란 그냥 있음이고
마음이란 또 일체 만상이고
마음이란 또 일체 가짐이고
마음이란 또 가짐도 아니고
마음이란 또 만상이 아니지

본래의 마음은 그냥 있으나 없음조차 없고
또 만상의 형태 상이 또 마음이라
마음 없이 산다고 하는 것은
있음인 마음을 없애는 것이다

마음이란 공허한 허공이 실체이고
가짐이 일체 없고
일체의 상과 일체의 형체가 없으나
가짐의 마음에 존재한다

배움

인간이 가지려는 수많은 사연이
모두가 한낱의 물거품이고
하나도 필요 없고 아무것도 아닌데
저만이 숱하게 짓고 부수며

고생이다 호강이다 기쁨이다 슬픔이다
만들고 세상까지 만들어 사니
걸림 없는 마음으로
걸림 없이 살지 못하고

또 해탈이라는 것이 무엇인지 알지를 못하고
철없이 살아만 가고 있으니

사람들아 세상에 태어나서
어리석음을 벗어나 살아보세나

어리석음은 너 속에 갇혀 사는 삶이고
참의 나 자신을 못 찾음이니

참의 나를 찾아 삶이 해탈이고
자유임을 가르치려는
하늘의 뜻을 인간에게 전하니
귀히 여겨 뜻을 따라 행하고
참의 삶을 배워 하나가 되어라

하나라는 것은 나의 근본이요
하나라고 하는 것은 만상의 어머니요

하나라고 하는 것은 진리이고
하나라고 하는 것은 완전함이니

사람마다 그 하나에 들어
사람이 사람답게 살아야 한다

옳고 그름을 모르고 저 잘났다 하며
선인의 말을 하면서도 행이 따르지 않는 자는

지혜가 없어 알지 못하니 지혜란 다름 아닌
가짐 없는 마음에서 근본을 앎이 지혜이니
그 삶 속에서 살아라

인존(人尊)

인생은 본시 없으나
사람이 삶 살며 만들고

인간이 만든 업이 삶인데
삶이란 또한 인간이 가지니
사람이 스스로 짓고 부수는 가운데
인간은 늙어 죽는 것이지

하늘마음은 다름 아닌 없는 마음이나
사람이 그것 가지고 상처받고 사니

하늘의 뜻을 전할 길 없다가
때가 되어 인간에게 전하여도

사람이 최상 되는 세상이 와도
사람이 그 뜻 모르고 살아가고 있구나
하늘이 사람이고 사람이 하늘이니
사람 뜻에 하늘이 있는 세월이 인존 세월이라

하늘

하늘가에 뜬 조각구름은
사람을 환상에 젖게 하지

파란 하늘 하늘 저편에
무엇이 있는지 끝없는 하늘

본래의 나의 본성이
끝없이 펼쳐지누나

사람이 만든 하늘과 조각구름이
하늘에 그냥 있을 뿐

하늘이란 건 하늘이나
내가 하늘이 되지 못하니

사람은 이것저것에 얽매여
살아가는구나

세상의 만상만물이 모두가
하늘임을 알지 못하고

사람은 자기 스스로
짓고 부수는 가운데 늙어가는구나

하늘이란 나지도 죽지도
않은 채로 그냥 있지만
사람만이 만상 만들고 만물 만들어

저희가 보이는 대로 생각하며 살고 있구나
그것이 업인 줄도 모르고 살고 있구나

착각

새는 하늘에 날아가고
비행기도 하늘을 날아가고

들녘 저편에 소가 가고 있고
들녘 저편에 말이 가고 있고

인생은 삶 산다 살고 있구나
모두가 하나의 하늘이 내어

다르나 같건만 사람의 생각이
다르게 보고 단정 짓고 있구나

하늘가에 하늘만 있는 것은
그것이 만상만물의 표상인 것을

사람들은 이것저것을 모르고
살아가고 있지

마음이 곧 실체요 실체가 곧 마음이나
사람의 구분으로 알지 못하지

사람만이 짓고 부숨이 하도 많아
사람은 자기 꾀에 자기가 걸려 살지

마음이 생명의 실체임을 모르고 살지
없는 것이 주인임을 알지 못하지

흠집

정 그리워 울던 이 정에 속아 살고
사랑에 얽매인 이 사랑에 속아 살고
사람은 이렇게 저렇게 속아 살면서
가진 마음만 키우고 있구나

하늘에 새긴 마음이 흠이 되어
그 흠집에 삶을 낳아 살고 있구나
흠집 속에 사는 삶
그 흠집이 없어야 원래인 하나가 되는데
사람은 그 원래를 옆에 두고도
찾지 못하는 이유는
다름 아닌 가짐 때문이라

가짐이 자기의 흠이 될 줄을
아는 이 세상에 없고
하늘의 뜻 따라 사람에게 흠집을 때우는
방법 가르치고 있는 게 이 도(道)지

참 사상

가고 오고는 사람이 만들고
하늘 뜻에는 일체가 없건만

인간이 가진 마음만 분주하니
인간의 앎이란 마음의 분주함이다

마음이란 사람이 만든
하나의 짓고 부숨이 마음인 줄 아나

마음은 일체가 없음이 마음이고
마음은 일체 만상의 근본이다

이 세상에 많고 많은 사람이 살고
이 세상에 많고 많은 만물이 있지만

그 모든 것은
사람이 만든 마음이어라

실체의 마음은 가짐이 없고
없는 것조차 없으나

사람이 뜻 모르고 세상을 사니
사람이 모든 것을 속이고 하는 것이다

사람들아 눈을 떠라
가짐 없는 마음의 눈을

허상이란 다름 아닌 사람이 보고 듣고 느끼고
말하고 감촉이 있는 그런 곳에서 생기나니

이 일체로부터 벗어남은
다름 아닌 자기의 가진 업습을 벗음이다

업습은 삶에서 생기고 삶은 가짐이 되니
그 가짐이란 다름 아닌 삶이고
자기의 있음이다

하늘은 말이 없이 있으나
만상만체 또한 하늘이니

사람이 이 뜻을 몰라 헤매고 살아가니
슬픈 게 따로 있는 것이 아니라
이것이 슬픔이라

참 삶이란 자기가 없음이고
참 삶이란 일체 가짐이 없는 것이니

사람마다 가진 수많은 번뇌 망상을
버릴 때 참의 세상이 온다

사람을 살린다는 진정한 뜻은
사람이 사람 아닐 때 참이니

사람을 참에 들게 하려면 그 사람의
개체를 없애어 하늘에 들게 함이다

깨침이란 자기의 본아를 찾아가는 것이고
그 본아는 영원불변한 것이다

이 세상 살며 가진 수많은 사연이
사연이 아닐 때 진정한 이 뜻을 알 수 있다

가짐이란 사람의 생각이 만들고
가짐이란 헛된 마음에서 생기는 것이니

이 세상에 가질 것도 또 가지고 갈 것도
없다고 생각하는 것이 하늘에 닿는 것이고
또한 하늘의 뜻이다

사람마다 이 뜻을 알고 깊이 새겨 행함이
참의 나라로 갈 수 있는 지름길이다

참의 나라는 여기 있다 저기 있다가 아닌
자기의 마음에 있는데

사람들이 이 뜻을 모르고
밖에서 구하려고 하니 어리석음 그지없도다

인생이란 하나의 지나가는 뜬구름이나
사람들이 이 뜻을 알지 못하고
생각도 못하니

사람이 가짐의 마음 때문에 알지를 못하니
사람마다 가짐을 버리고

참의 나라에 들지어다
괴로운 마음은
자기의 가짐의 마음에서 생기고
슬픈 마음도 가짐의 마음에서 생기니

일체 가짐 없는 마음이야말로
세상 사람이 하나가 되고

세상 사람이 일체가 되니
너나가 없는 세상 너나가 아닌 세상

사람이 신나는 세상
사람이 살고 싶은 세상

이 모든 것은 사람이 만들고
사람이 모든 것을 행하고

사람의 마음 마음에 따라 일체 바뀌니
사람의 마음 바꿈이 무엇보다 급선무라

사람의 마음을 바꾸려면 무엇보다도
가짐 없는 마음이 되어야 하니

43

이것이 다름 아닌 도이다

도란 사람이 사람 아닌 원래로 가는 것인데
이것을 사람이 몰라 가지 못한다

하늘이 함께하여 이 길을 가르쳐주니
세상에 모든 것 하나 되게 하고

일체가 되게 하여
너나가 없이 사는 세상을 만들어라

사람이 너나가 있는 것은
서로가 극을 이룸이요

사람이 너나가 있는 것은
자기의 이기심의 발로요

사람이 너나가 있는 것은 세상의 모든 것을
가져도 부족한 마음 때문이다

등 뜨시고 배부른 자는 배가 터지고
가난하고 배고픈 자는 굶어 죽으니

하나 되는 사상이어야 참의 나라에서
영원히 함께 살 수가 있다

이 세상에는 수만 가지의 종파와
수만 가지의 사상이 있지만

사람이 지혜가 없어
하나 되는 참의 사상을 모른다

빈 가운데 가르치는 으뜸 되는 사상은
가짐 없이 하나 되는 사상이다

개체가 가짐이 없을 때 전체가 되고
전체는 개체이되 전체이니

세상 만상만사가 하나인 사상은
개체가 존립하지 않는 사상이다

누구나 이 세상에 태어나
한세상 살아가면서
사람들이 만드는 마음 때문에
하나가 되지 못하고

수십만 가지의 생각이 형체가 되어
세상에 나투어지니

사람이 번뇌 짓고 괴로워하며 사는 것은
이기적인 마음을 가진 개체인 탓이다

세상을 살며 가지고 갈 것도
가질 것도 하나 없건만

가지려고 하는 그 집착으로 인하여
사람은 스스로가 자멸하니

가짐이 없이 하나가 되는
천인지 합일 사상이야말로
사람을 살리는 참된 사상이다

사람이 영광되고 사람이 최고이어야 하지
사람이 없으면 하늘도 땅도
가치가 없는 것이다

하늘은 원래 스스로 존재하나 만상만물이
그대로 또한 하늘임을 사람이 모르니

46

사람에게 지혜를 밝혀 이것을 알게 함이
아는 사람의 할 도리이다

이것은 사람이 사람이 아닐 때
가지는 세계이고 이 세계는 영원하고

세상이 생기고 없어지고의 모든 세계이고
일체가 다 있는 세계다

완전 세계

저 멀리 아득히 사라진 수많은
사연 사연이 모두 그리워라

어디로 가버렸는지 알 수가 없는 가운데
사람의 마음 가운데 아쉬움으로 남았구나

아쉬움도 정이어라 정이란 하나의 집착이고
집착은 삶에서 얻은 가짐이다

이상(理想)으로 그리던 수많은 사연은
어디론가 사라지고

현실의 사람의 몸으로
상상에 그리던 모든 것도 없어졌네

인생을 살며 가지려는 모든 것이
자기의 욕심이기는 하나

그런 곳을 찾을 수가 있네

그곳이 완전 세계이네

완전 세계란 다름 아닌 완전함이 완전 세계이니
일체 부족함이 없고

일체의 가짐이 있으면서 없음이니
이것이 완전 세계이고

천지만물이 나오고 가고 할 곳이며
이곳이 바로 나의 마음 가운데 있다

빛의 세계에서도 스스로 보고 듣고
느끼고를 할 수 있는 곳이고

또 자기의 가짐이 없으니
그저 있되 있음이 아니고

또 없되 없음도 아닌
실존하는 사차원의 세계다

사차원의 세계란 사람의 머리로는
알 수 없는 완전함의 세계다

신계란 다름 아닌 이곳이고
이곳의 형체가 마음속에

과거 현재 미래의 구분 없이
하나로 존립하는 곳이다

신계는 세상이 없어져도 그대로이고
스스로이되 일체가 다 있는 곳이다

그것이 형상화된 곳이고 사차원의
눈이 아니고서는 볼 수가 없는 곳이다

진리

나는 이미 있되 없는 삶을 살고
삶이라고 하는 것은 몸 있으니 있지

사람은 세상에 태어나서
가짐으로 살다 가니

세상의 모든 것이 부질없는 것임을
사람은 알지 못한 채 한평생을 보낸다

하늘은 항시 한가한 가운데
만상만물이 있고

하늘은 항시 여여하지
하늘은 언제나 그냥 있지

하늘의 나는 말이 없으나
하늘의 뜻이 빠짐없이 세상에
전하여지는 것은 하늘의 뜻이어라

말이 있는 사람의 말은
거짓이어서 땅에 떨어지지만

하늘의 말은 참이어서
땅에 떨어지지 않는다

말이 없어도 세상에
일체 뜻이 다 전달되듯이

하늘은 일체 없으나 사람에게
모든 걸 전하고 행함은 하늘 뜻이지

이 세상은 분주하고 시끄러우나
시끄러운 것은 하나도 참이 아니니

시끄럽고 안 시끄럽고는
하나의 없음임을 인간은 모르고 있지

하늘이 뜻을 전할 때는
하늘 닮은 사람에게 전하고
하늘 닮은 사람은 하늘과 하나이니

누가 가지고 가지지 않고가 아닌
하나인 것이니 하나란 원래 자기가 중심이나

사람은 진리에 어둡고
무엇을 이루고 이루지 못함을 알지 못하니

세상의 인생사는 허한 가운데 일체가 없고
일체가 또한 하나인 진리에 귀의한다

나의 일

창공에 빛나는 별을 보라
그 별에 이유가 있는가를
이 세상의 만물을 보라
세상의 만물이 이유가 있는가를
누가 만들었는가 생각을 해라
누가 있는지를 보아라

보는 대로가 하나의 진리이지
있고 없고의 있고 없는 외에
보이지 않는 일체는 진리 아니지 말장난이지
만상은 이유 없이 왔다 갔다 하지
그 만상이 있을 뿐이지
그것은 왜가 없지

실체는 그냥 있으나 사람만이 있고 없고 분별하고
저만 왜냐 바보같이 따지지
그래도 저는 바보인 줄 모르고
그냥 의심만 품지
나를 버리는 심정이 무엇인지

나를 버림이 무엇인지
아는 이 세상에 하나도 없으니
나만 알고 하늘을 쳐다본다

무슨 방법으로 가르쳐주나
방법이 있어도 사람이 없구나
스스로 진 짐이 아까워 놓지 않고 있구나
나는 그리움이나 바람이 없건만
사람들이 뜻 모르고 따르지 않는다

구름에 마음이 실려가듯이
인생의 노래에 같이 노래도 부른다
이 천지 사람을 살리는 길만이
내가 하는 일이란 것을
나는 생각하며 밤늦도록 글을 쓴다

사람이 따르지 않으니 잠 안 온다
나는 불현듯 생각에 생각한다
하늘만이 단지 나의 뜻 알고
걱정치 말라고 말하여 준다

하늘 뜻

가랑잎이 휘날리던
초겨울 시절이 생각나는 것은
인간의 가진 마음이 하나 없으니
봄 여름의 채우려던 마음이 없어지
텅 빈 마음이 나의 마음이고
가짐이 없는 마음이 나의 마음이어라

이 세상의 모든 것은 마음으로
만물만상이 나고 지고 만물만사가 있으나
사람이 가지는 마음은 수십만의 생각을 낳아
그것을 없는 것에 상상으로 만들고
세상을 살아가니 사람들이 한스럽다

사람들아
나의 마음 봄 여름은
다정한 자연이 바로 나이고
낙엽 지는 가을이 바로 나이나
그 자연이 부질없는
인간 삶을 가르치고 있음이라

만물만상이 나도 가도 그 자리에 있건만
만물만상이 나고 가도 그냥 있으나
나만이 번뇌 짓고 나만이 생각하고
사는 것이 사람이니
그 삶에 해탈하여 살아가야 하지

산다고 하는 것은 다름 아닌 몸 있음이나
이 몸이나 하늘이나 다를 바가 없는 것을
인간이 모르고 살아가고 있구나

비는 구름 있어 내리듯 인간이 온 것도
구름 같은 것이 있어 비가 되어 오듯
인간도 하나의 물건이 있어서
그것이 인간이 되었지

사람들아 사람들아
이내 말을 새겨들어 살아가거라
그것이 무엇이냐
그것은 다름 아닌 하늘이 있고 땅이 있어
인간이 나왔지
하늘이 본래이나 땅의 조건으로
만물만상이 있고

다음으로 인간이 나온 것이니
이것이 있어야 저것이 있는 이치는
다름 아닌 삶이 형성되는 것이지

삶이라고 하는 것은 하나의
조건으로 형질이 변함이지
형질이라고 하는 것은 다름 아닌
조건에 의하여 생겨진 것이지

지상에 생긴 것은 지수화풍 조건에 의해
수만 가지가 형성되고 생긴 것이지
그것은 또한 하나의 얼이지

얼이란 다름 아닌 이것저것에 의하여
생기고 있지만
그것은 역시 하나의 형질이 만든 것이고
지수화풍 조건이 이 땅에 있어
만상이 생기니 그것은 한얼이지

한얼이라고 하는 것은 하나의 마음이지
하나의 마음이란 하나의 가짐도 없는 것이니
이것저것에 의하여 수십만 가지가

결국은 하나이니 그것이 합한 이치지

왜 하나가 수십만 가지냐 하면
그것은 다름 아닌 하나의 가짐도 없으니
수십만 가지지
가짐이 없는 것이 왜 수십만 가지냐 하면
그것은 안 가졌기 때문에 수십만 가지지

안 가짐이란 완전하고 전지전능하지
전지전능은 안 가짐이고
안 가짐은 실이기에
모든 형상을 나타낼 수 있지

안 가짐은 진리로서는 가짐이지
왜냐하면 안 가져야 가질 수 있지
가지면 가질 수가 없기 때문이지
가득 찬 것에 더 찬 것이 나오지 않지

안 가짐이라는 것이 천지만상의 주인이고
안 가짐이라는 것이 일체의 모든 것이지
안 가짐이라는 것이 그냥 있음이지
안 가짐이라는 것이 진리이고 참이고 실이지

안 가짐이라는 것이 바로 만상 가짐이지
안 가짐이라는 것이 바로 하늘이지

하늘은 뜻도 생각도 없으나
모든 것이 있듯이
모든 것은 또한 하나의 가짐이 없는
하늘이 주인이라
이것저것이 또한 하늘이지

순리

하늘가에 수많은 별들은
순리로 자연 따라 살아서 움직이고
허공에 돌아가는 것이 아닐지라도
허공 속에 있는 별들이 돌아가도
말이 없고 뜻이 없고
하늘만이 제자리를 지키게 하고 있구나

하늘에 숱한 별은 허공이었고
수많은 은하수도 허공이었네
그러나 허공이라는 것은
만상을 내고 없애고 순리로 돌아도
가진 마음이 없으니 저절로 돌아가지

사람의 마음도 없으면
저절로 순리로 가는 이치를 사람이 모르지
사람이 생각하는 것은
다름 아닌 계획과 생각만이 사람을 묶고
있는 사실을 사람이 알지 못하는 가운데
사람은 그 업습에 매여 있구나

순리라고 하는 것은 저절로이고
순리라고 하는 것은 그대로이니
하늘의 모든 것 순리이지만
사람이 가지는 마음은 순리가 아니지
사람도 마음이 없이 사는 것이 순리지

왜냐고 물으면 몸이 저절로
행하여지는 것이 순리기 때문이지
이 말의 뜻은 몸이 사람이니 무슨 생각에
매이면 그것이 바르게 보이지 않지
바르다고 하는 것은 다름 아닌
행하여지는 것이 바름이지

없는 가운데 만상만물이 있고
없는 가운데 인생이 있고
인생을 없애면 형체가 순리로
저절로 행하여지는 이치를
사람들이 모르고 살아만 가지

사람들아 먹고삶에 걱정치 말고
마음 없이 살아보려무나
마음이 없으면 저절로 행하여지는 몸은

진리로 순리로 행해지고

하늘의 천체처럼 의미 뜻과 생각 없으나
자존의 능력으로 살아가지
자존의 능력이라고 하는 것은
사람의 생각이 아닌 위대함이지

사람의 생각의 행과 자존의 능력의
차이는 무엇이냐 하면
생각은 사람을 노예로 만들고
생각은 사람을 묶어두지만
자존의 능력은 저절로이고 순리이니
막힘과 거침이 없고 부딪침이 없으니
인생 삶에 있어서도 거침이 없으니
인생의 길이 활짝 열리지
이것을 사람이 말하는 성공에
직결시켜 봐도 대성할 수 있지

왜냐하면 인생 삶은 하나의 헛된 공함이나
사람들이 만들어 사니
그 만드는 것이 부딪침이니 그렇지
왜냐하면 부딪침이란 막히니 그렇지

마음이 없으면 매사에 막힘이 없지
막힘이란 부딪침이고 부딪침은 막힘이니

진리인 순리로 산다고 하는 것은
일체의 막힘이 없고 일체의 부딪침이 없지
이것을 사람이 모르고
사람은 얕은 머리에 항시 당하지
자기가 자기 보호의 방편을 쓰면
상대도 쓰니 그렇지

인생

제 2 부

선방담화

선방(禪房)이라고 하면
자기의 본(本)인 참을 찾으려
공부하는 곳이지
사람들이 조그마한 점을 보고 공부한다
공부는 머리 공부다
공부는 자기와의 싸움이며
자기의 비밀을 벗는 것이다

사람들은 모두가 마음 비우는 데 신경 쓴다
비움이라고 하면 없애는 것이고
없앰은 본래로 가는 것이다
사람들은 자기가 가진
기억된 생각을 버리고 버린다

사람들아
세상 살면서 버림의 순리를 배워라
순리는 없음이고 하나이고
없는 가운데 일체가 있음이다
비움이 곧 채움임을 배워

모두가 눈뜨고 살아야지

모두 마음에 가짐이 없는
진리의 담화(談話)를 하고
또 이것저것 살아온
생활을 담화한다

사람들아
시간 가는 줄 모르고 들려주는
진리의 담화를 듣고 들으려무나
신선 되어 사는 삶
모두가 이야기하는데
마음 없이 이야기하면
모두가 하나이어라

뜬구름도 듣고 간다
가는 바람도 듣고 간다

모두 모두 참 되고
모두 모두 기뻐함은
천지의 사물 그대로의 모습이어라
사람들이 그리는 이상의 세계가
선방의 담화 속에 있구나

나그네

길 가는 나그네는
길을 재촉해 길을 가듯이
도 하는 사람은 도를 해야
도 하는 곳 갈 수 있지

아무리 똑똑한 사람이 있어도
아무리 똑똑한 사람이 있어도
길 가지 않고 길 이야기하면
길 가보지 않고 길 이야기하면
그것은 사람의 자기의 생각이고
참 길이 그렇지 않듯

인생은 하나의 길 가는 나그네
그러나 길은 가지 않고
길 멀다 말하고 있는 자
길이 맞는지 의심하는 자
종류가 많구나
한숨 쉬며 갈 길 멀다 말고
걸어보면 다다를 수 있지

이것저것에 홀리어 있는 자
저것이것 많이 아는 체하는 자
이런 자는 하늘이 와도
이런 자는 하늘이 가도 보이지 않지

바른 삶

이 천지 사람들아
배움보다 안 배움을 먼저 배워라
배움이란 사람을 매고
안 배움은 사람을 자유롭게 한다
배우되 배움에 들지 않는
안 배움이야말로 너희를 자유롭게 하지

이 천지 사람들아
삶보다 안 삶을 먼저 배워라
안 삶을 배우고
삶을 살면 그지없이 편안하고
삶의 이치를 알지

사람들아
가짐보다 안 가짐을 먼저 배워라
가짐은 사람을 묶고 살게 하고
안 가짐은 사람을 해방하게 하는 것이니
안 가지면 그지없이 편안한 마음이어라

이 천지 사람들아
만남보다 떠남을 먼저 배워라
만남을 억지로 만나려면
수고가 클 따름이어라
떠남을 배우고 나서 만남은
새롭고 정답고 그지없이 편안하지

이 천지 사람들아
사랑 자비 인이란 말보다
마음 없음을 먼저 배우고 사람을 대하라
없음을 배우고 사람을 대하면
상대가 그지없이 편안한 것이지
없음 배우고 사람을 대하면
그지없이 편안하다

이 천지 사람들아
이것저것 달리 보지 마라
이것저것 속에 있으면
너의 아상만 두터워지고
너의 마음에 마음 남는다
물건을 물건으로 보지 않음이
그지없이 편안한 경지고

분별심이 없어야 참 삶을 사는 것이다

이 천지 사람들아
말에 묶이지 마라
말에 묶이면 자유가 없이 속박을 당한다
사람의 생각이 사람을 망치는 것이니
자연 사물을 바로 보는 것이
참의 삶을 사는 것이지

이 천지 사람들아
이것이다 저것이다
속지 말고 살아라
속이는 것은 사람의 생각이 속이는 것이다
있는 만상 그대로가 진리인 줄 모르고
하나님 부처님이 따로 있지 않고
천지만상 그대로가 진리임 알고 살면
바르게 사는 삶이다

마음

분주히 마음 찾는다 떠도는 나그네는
마음을 가지고도 마음을 찾는단다
마음이 함께함을 나그네는 모르고
나그네는 마음 만들어 찾으려니
보이지도 잡히지도 않지

예수를 믿는 이는 예수에 묶여 살고
석가를 믿는 이는 석가에 매여 살아
예수 석가보다 수십 배 빠르게
마음 찾게 하는 진리 가지고 세상 와서
사람에게 가르쳐도 사람들은 믿지도 않고
거기에 매여 있다

수천 년의 세월 속에 변하여 간 사람의 생각을
하늘은 그것으로 안 됨을 알고
새 도를 펴고 있으나
마음의 마음 만들어 마음 찾는다 헤매기는
예나 지금이 같구나

마음이란 것은 원래 내가 갖고 있지
단지 남 탓도 말고 나 죽으면 참나 찾지
죽고 안 죽고는 마음이 주관하지

나의 뜻

무엇을 깨달았는지 사람에게 물어봐라
사람은 원래 깨달음도 사람은 원래 앎도 없건만
사람의 생각이 깨닫고 안 깨닫고를 만들지

원래 이치는 없는 것이나
사람의 마음이 있고 없고를 만들고
사람이 모든 걸 짓고 부수지

인생은 하나의 지나가는 추억 속에
자기의 그림자를 들추어보아도
하나의 그림자일 뿐인데
그 그림자에 인간은 속고 살지
그림자 마음 달리 있음 아니나
하나의 덧없음은 마찬가지지

가지려는 인간의 마음의 번뇌는
모두가 한낱의 물거품이나
그 물거품 없어짐을 생각지 않고
물거품이 되어 산다고 믿고 있지

사람들이 가지는 허망한 꿈은
이 우주 가득히 메우고도 남지만
그 꿈은 실이 아니어서
없어지기는 마찬가지지
없어진다는 것은 원래 없기에 없는 것이지
원래 없다고 하는 것은 참이 아니기에 그렇지
진리가 아니기에 그렇지
인생은 그렇게 모두가 허망의
꿈만 꾸다 살다 죽지

마음 찾아 헤맨다고 정처 없이
떠돌아다녀도
그 마음이 어디 있는지 인간은 알지 못하고
인간 마음속에 돌고 돌아 저만 속고 살고
가련한 것은 인간일 뿐이어라

허망한 마음 돌이킬 수 없어 뒤돌아보아도
본 것이 본 것이 아니니
무엇을 보고 무엇을 알았는지
알지도 못하는 가운데
인간이 허허로이 인생을 살다
뜻도 의미도 모르고 저세상 가지

간다는 것도 하나의 가짐이 있어 가는 것이요
온다는 것도 하나의 가짐이 있어 오는 것이나
가고 오고의 같은 경지를 알지 못하고
사람만이 무수히 번뇌 짓고 산다

길 따라 간다고 따라가 봐도
그 길이 오히려 오솔길 되고
그 길이 길 아님을 알고
돌아오는 텅 빈 마음은
누구에게 형언도 말조차 못하고
허허로운 마음 달랠 길 없어
가슴을 쳐도 아는 이 없고
세상 사람 나보고 미쳤다 하나
그 미침의 경지를 알아보려고
헤매는 자 없고

고독하고 씁쓸한 웃음을 지우고
미침의 방랑의 길 또다시 올라도
어디를 가서 어디를 구하고 무엇을 구하고
무엇을 해야 하는지조차 모르니
사람의 길은 방랑의 길이어라

사람이 안다고 하는 것은 가짐의 마음이니
헛된 마음에 헛됨만 아는 것이고
알 필요가 없는 것을 숱한 것을 알아
자기만 혼자 더더욱 번뇌 짓는다

가진 마음이란 사람이 살아가는 과정에서
얻는 하나의 집착이니
그 집착으로 말미암아 허상이 태어나고
그 집착으로 말미암아 허상이 엉그니
인간은 무수히 허상을 그대로 담아
세상 산다고 살아보지만
하늘의 부조화로 마음이 비뚤어지니

내 마음이 없으면
몸 마음 같은 줄 아는 사람
세상에 또한 없어라
긴 한숨에 팔베개를 베고 누워도
인간이 안다는 것은 한계가 있어
물어볼 자 세상에 아무도 없구나

공허한 마음에 천장을 뚫어지게 보고
괴로운 마음을 누가 알까

팔베개에 한쪽 다리 위에 다리 얹고
보이지 않는 천장을 쳐다보며
생각에 골똘쿠나

인생은 이렇게 시간을 허비하다
저세상을 가고 저세상을 가도
하늘만이 그 뜻 알고 말이 없구나

인간이란 무엇인가 생각해 보면
인생이 하나의 잘못된 삶을
살아가는지도 모르는 가운데
청춘도 젊음도 늙음이 되어
죽어도 그 사실을 알지 못하니
언제나 그 뜻을 알 수 있을는지
허공에 물어봐도 대답이 없구나

진리란 원래 사람이 가지는 것이고
사람 속에 진리가 그대로 있으나
사람의 아만으로 그 진리 찾지 못하니
진리 속에서 진리를 찾는다고 야단법석이고
흐르는 세월을 탓하고 나고 죽고를 탓하고
가슴 치고 애원해도 아는 이 없지

길 걸으며 파란 하늘 수없이 쳐다봐도
고민하는 이 마음을 하늘밖에 모르니
뜬구름이 흘러가도 왜 가는지
빈 하늘이 있어도 왜 있는지 모르는 가운데
허공만 남아 있고

모든 상(相)이 상으로만 보이면
그것이 바름 아님을 알지 못하고
눈에 보이는 것만으로 모든 걸 잡으려
애쓰고 발버둥치고 있구나

마음속에 마음 있음 아니고
마음 밖에 마음 있음 아니고
마음은 만상 그대로이고
마음은 저절로이고
마음은 순리이고
마음은 진리이고
마음은 그대로이나

사람의 생각이 무수히 마음 만들어
이렇게 저렇게 마음을 희롱하나
마음은 생각도 의미도 아무것도

가지고 있지 않구나

마음이라는 것은 마음 밖에
마음 있음이 아니지
마음이라는 것은 형체에 속해 있지 않지
마음이란 것은 그대로 존재하지

세상 일체의 진리가 이것밖에 없으나
사람들이 이것저것 만들고
사람들이 마음에 마음 만들어 살아가니
허공의 참뜻을 알 수가 있나
하늘과 사람은 원래 하나이나
하늘 사람 달리 보는 것은
사람의 마음이어라

그 마음에 마음을 가지고 사는 것은
마음속에 마음이 있다는 것이고
마음 밖에 마음이 있다는 것이지

마음은 원래 하나이고 밖도 안도 없고
있는 모든 것이 마음이나
사람이 이것저것 분별 지우지

산다는 것이 없고 죽는다는 것이 없고
생이 없고 멸이 없으나
사람은 형체에 따라 구분 지우나

사람의 마음이 파도처럼 일어
파도를 타고 출렁이는 대로
출렁이고 있을 뿐이니
그 마음 가라앉히려면 파도를 잠자게 해야지

파도의 요인은 바람이라
그 바람을 잠재우려면
바람을 바람으로 받아들이지 않아야지

춤을 추되 춤 속에 있지 않고
그냥 있음을 알고
허무한 마음을 일으키지도 말고
이것저것에 속하지도 않는
자성(自性)의 바람이야말로 참 바람이지

자성의 바람은 바람이 오기 전이고
자성의 바람은 바람일 뿐이지
바람 따라 움직이지 않을 뿐이지

인생은 하나의 꿈을 꾸고 꿈을 먹고 살지만
그 꿈속에도 꿈을 먹음에도 속하지 않고
흐르는 세월 따라 바람 따라 가도
그 바람과 세월에 흔들리지 않고
살아가는 삶이 참 삶이지

삶은 원래 없으나 삶은 또 있는 것
삶 속에 있지 않을 때 참 삶이고
삶 밖에 있을 때 모든 것을 바로 볼 수 있지
인생은 이렇게 세월을 가고
인생은 저렇게 세월을 가고의 정답이 없지
바른 삶이란 가짐 없는 삶이지
이것에도 저것에도 속하지 않는 것이
바른 삶이고 참 삶이지

휘파람 부는 날이면 언덕에 누워
팔베개하고 부르던 노랫가락도
추억이 추억이 아닐 때 참 삶이고
마음속에 내가 없을 때 참 삶인 인생을
사람들이 언제 배우려나

하늘 보고 물어보는 나의 심정을

그 누가 알겠는가
괴로운 마음만 앞을 가려도
나는 괴로움 속에 있지 않으나
사람들은 그 괴로움에 살아야 하니
나의 가슴은 사람이 되어 보니
갑갑하기 이를 데 없구나
그래도 사람은 참의 한계가 어디인지도
무엇을 배워야 할지도 모르는 가운데
마음만 짓고 부수고
잘났다는 소리만 연거푸 하나
가련한 마음만 앞서구나

마음은 한 곳에 있음이 아니고
마음은 이것저것에 속하지도 않으나
사람의 마음만 한 곳에 묻고
한 가지만 보고 살아가니
인생을 해방시킬 그날을
나는 기다리고 기다려본다

하늘의 뜻이 나의 뜻이 되게
나의 뜻이 하늘이 되게
하늘만 말없이 기다려주고

나도 말없이 기다려본다

그것만이 내가 살 길이고
그것만이 사람을 살릴 길이다
이 뜻을 언제 사람이 알까
나는 조심하는 가운데 펜을 놓아본다

문경새재

산간에 다랑지 논이 보인다
싸락눈만이 하늘서 나린다

문경새재는 영남인들이
한양길 갈 때 넘는 고개이다
기후는 옛날과 다를 바가 없으니
이 계절에 넘나들던 사람들의
처량함이 생각난다

산적이 유난히 많아
사람들이 모여 간다는 주막이 눈에 선하다
산마루까지가 15리가 넘으니
한적한 산길은 고독을 안았으리라

예부터 묻혀온 다랑지 논만이 변함없고
언제 살다간 사람의 묘소가 산에 있고
눈만 나린다

변함없이 싸락눈만 나리고 있고

옛인은 어디론지 찾을 길 없고
관문만 옛인을 생각케 하구나
인생은 무상만 생각케 되구나

불현듯 일어나는 생각에
나는 지나간 모든 이들
인생 알고 넘은 이 몇이나 되나
생각하여 보아도
알고 간 이 없다는 생각이 나누나

내가 생각하고 있는 마음은
이 세상에 모든 이들 정 가지고
사연 안고 갔으리라 생각하는데
세월 따라 인생은 허망함만 남기고

이 세상에 밝은 등불 밝은 빛이 없었던 것이
철없는 사람 위해 없었던 것이
하늘 보아도 원망스럽지만
그렇게 산다고 산 사람들이
모두가 하나의 자연일 뿐이어라
하늘은 그냥 있을 뿐이구나
눈만 나릴 뿐이어라

인생

하늘에 반짝이는 수많은 별은
가짐 없는 마음으로 있으나
사람의 마음만이 스스로
짓고 부수고 만드니
다름 아닌 자기가 있어서이지
자기가 있다고 하는 것은
자기의 집착이라

집착은 가짐이니
가짐은 자기의 삶에 의하여 있고
삶이란 있음이니
그 있음 따라 사람이 사니
있음은 있음이되
그 있음은 모두가 허(虛)라라

허란 원래에서 볼 때 없음이나
사람이 없음을 있음으로 알고 있으니
모든 것이 헛된 것이고
삶이 바름 아니지

삶이 바름 아닌 것은
다름 아닌 자기의 가짐이라는 것이지
인생은 스스로 존재하다가 스스로 가지
스스로는 그대로이나 사람이 모르고 살지

수많은 세월 속에 살아가고 있어도
자기의 가짐으로 인하여
밝은 태양을 못 보니
밝은 빛은 막힘이 없는 것이지
막힘이란 걸림이니 걸림은
하나가 되지 못하지

하나가 되지 못함은
다름 아닌 개체가 있어서이지
개체는 원래 전체의 표현이기도 하지만
개체는 스스로의 몸에서 생기는
삶에 의하여 생기는 습(習)인 것이지

습이란 무엇이냐
살면서 익혀온 자기의 생활의 일이지
생활의 일이란 하나의 삶이지
삶은 스스로 가지는 것이지

이 세상에는 가짐이 없는 것이 없되

또 일체가 가짐이 없지

없는 가운데 또 있음이니

있고 없고가 동질임을 사람이 모르지

나그네

나그네는 정착지가 없지
나그네는 가짐이 없지
나그네는 사람이지
나그네는 마음이 불안하지
나그네는 고독하지
나그네는 생각이 많지

나그네는 마음 밖에 마음이 있지
나그네는 상념을 가지고 있지
나그네는 세월을 탓하지
나그네는 한이 있지
나그네는 서러움이 있지
나그네는 슬픔이 있지

나그네는 자기를 가지고 있지
나그네는 술에 취하지
나그네는 갈 곳 모르지
나그네는 남을 탓하지
나그네는 괴로움을 가지지

나그네는 이치를 모르지

나그네는 늙고 죽고 젊고 태어나지

이 모든 것에 매여 삶이 나그네의 신세이지

산사에서

참이 있는 곳에 길이 있다
이 말이 무엇이냐
이 말은 하나의 자기 찾음 아니냐

산사의 부도는 도 닦은 이들이
말없이 저세상 가고 난 뒤에
남은 자취의 하나지

그 사람 살았을 때 참 찾는다 애먹고
부지런히 노력한 흔적이 보인다
웬 놈의 참이 그렇게 잘 안 보여
사람의 간장을 끊게 하였을까

산 위에서 흐르는 물은
옛날과 하나도 변함없이 소리가 같건만
꿈처럼 다녀간 사람이 아쉽다

수천 년 지난 사람의 자취는
말없이 그냥 서서 있구나

서 있는 사람만 바뀌고 있구나

풍경 소리만 허무하게 남기고
참 찾는다 애쓰던 모든 사람의 열기
어디를 갔는지 알 수 없는 가운데
목탁 소리만 옛날의 소리와 다름없다 믿고
그 옛날을 생각한다

어디론가 어디론가
말없이 떠난 참 찾던 사람들 말도 없다
수행한 이야기는 더더욱 없다
그냥 지나갔다
전해지는 고승의 법어만 안고
지금도 산사에서 참 찾는 공부한다

참이란 바로 이것
내가 없으면 그것이 참인데
나 속에서 찾으니
내가 참인 줄 알 수 있느냐
나는 이미 있되 없고
없는 가운데 만상이 나이지

떠도는 풍문에
대도인(大道人)이 나온다 말을 전하나
그를 알지 못하네

내가 없으면 모두가 도인이지
하늘이 함께한 대도인은
사람의 업이 없어야 눈에 보이니
모두 고정관념의 틀 속에서 깨어나야 한다

인생

인생을 노래하며 춤추지 말라
인생은 가질 것도 가지고 갈 것도 없다
지나가는 인생에서 얻은 것도
얻을 것도 없다는 뜻을 새겨들어라

얻고 얻는다는 것은
자기 자신이 만드는 것이지
만드는 것이란 자기의 욕심이지
욕심을 버려라 가지려는 마음을

지나가는 고통에 한숨 쉬지 말고
지나가는 고독에 서러워 말고
지나가는 행복에 머물지 말고
지나가는 잘잘못에 시비치 말고
지나가는 청춘과 늙음에 자랑과 서러워 마라

인생이 세상 와서 겪는 과정이고
너의 인생 원래 없었듯이
세상 나서 세상에 시비하고 탓하지 마라

네가 시비하고 탓하는 까닭은
영화 보며 울고 웃고 느끼는 감정이라
그 영화관 나오면 너이듯
너 없는 세상이 참이니 그 참으로 나와라
그것만이 사는 길
그것만이 참의 길

이 세상의 모든 것은 하나의 순간
눈 깜박이는 순간의 일이고
지나고 보면 부질없는 일이다
변하지 않는 너 밖에 네가 있어야 한다
그것만이 너를 살린다

추억

그 한 옛날 모닥불 피우고
멍석에 앉아 모기 쫓던 시절
모기에 물리면 근지러운 게
밤늦게까지 가고
이튿날 다리가 긁으면 부어서
밤이면 고통당하던
시골의 밤은 한없이 괴로워

모기장 문에 바르지 않고 잠자는 밤이면
몸서리쳐지는 더위는 하나의 삶의 이야기지
나의 지나간 삶이었지

사람아 우리는 사람으로 살지만
사람과 다른 것은
일체의 내가 없이 삶이 우리 부부다
이것을 본받고 너희는
너희가 없이 살아가거라

사람의 형체가 같은 줄 알지만

나는 너희와 다른 것이 마음 없이 살고
계획도 뜻도 어제도 내일도 없이 산다

나는 한가로이 노래를 부른다
인생을 노래하면서
없이 살며 행함을 바란다
행함이 무엇이냐
행함은 다름 아닌 내가 없이 사는 삶이다

신작로에 모기 더위 피하려
누워 있던 나의 남동생
애절한 사연에 동리 사람이
눈물 흘리던 기억이 가슴에 있으나
나는 이미 없으니 그 사연도 없지
나는 이미 잊은 지 옛날이지
사람이기에 생각이 있으나
그 생각마저 없지

나는 그냥 있기만 하니
세월의 무상함 느끼지
없는 내 마음에 이는 건
유난히 가난했던 시절이 생각나고

생각에 생각이 나를 관조하고

본아(本我)를 안 뒤로 문득문득 떠오르는

이것이 삶이고 인생일 뿐이지

산책

한들한들 코스모스가 길가에서
처량히 찬 이슬에 피었구나

한없이 텅 빈 봄 여름에
변화하고 가지려던 꿈은
모두 다 어디론가 달아나고
허무한 마음만 간직하고 걷는다

내가 사는 개천의 무성한 잡초는
불도저가 밀어버렸구나
방천 따라 중동교 길을 걷는다

늙고 젊은 사람들이 오가는데
늙은이 얼굴 보고 젊은이 얼굴 본다
늙은이는 몸이 아픈 모양이다
젊은이는 몸이 가뿐하다
부지런히 뛴다
마음은 젊으나 늙은이는 걸어간다

이 방천 돌고 돌다
세월이 10년 20년 지난 뒤에
없을 사람 생각한다
나는 말없이 고개 떨구고
콧노래 처량한 노래 부르며 걷는다

뛰어도 본다
체중이 무거워 먼 곳 못 뛰겠다
이유 없이 늙어가고 있는 나를 생각하며
뛰던 발길을 걷는 발길로 바꾼다
나야 지금 없어도 그만
나야 지금 죽어도 그만

그러나 사람들이 걱정되는 가운데
나는 변한 마음에
살아생전 얼마나 많은 사람
나와 같은 사람 되나 이것을 걱정하며
처량한 콧노래 부르며 지나간다
많은 사람 날 보아도
나를 알지 못하고 지난다

나는 영광도 바람도 없다

나는 이름도 없어도 좋다
그러나 도(道)가 영광되는 날이 있어서
그 영광 너희가 보면은
나는 근심도 걱정도 없이
떠나도 한도 원도 없겠다

무정 속 유정 있고 유정이 무정이니
무정의 본(本)의 나의 유정이
살아가는 지금 세상의 사람들 구원하여
하늘나라 옴이 나의 할 일이라 마음을 다지나
나는 그냥 걷는데도
마음은 하나도 찾을 수가 없는 것이
남과 다르구나

짐

짐을 진 나그네는 혼자서 가고
목적지가 어딘지 모르고 가고 있구나

세상의 많은 사연이 짐이 되어지면
사연은 하나의 또 없음이라

괜히 짐 지고 끙끙대는 것은 지혜가 없어서고
사람만이 고뇌하고 짐 지고 있구나

이 세상에 모든 사연이 하나의 짐이 되나
그 짐 사람이 가지는 마음 따라
무겁고 않고 하구나

짐은 사람이 지고 괜히 끙끙대는 줄
아는 사람이 세상에 없구나

마음

사람의 삶은 영원한 삶이 아니고
무엇이 바름인 줄 모르고 사니
부질없는 인생이다

인생은 이렇게도 살고 저렇게도 사나
세상의 모든 것이 자기가 있어 있으니
자기가 있다는 것은 집착인 가짐이 있음이지

세상의 모든 이는
이 뜻도 모르고 살아가니
하늘은 말이 없으나
세상만사의 주관이 또 하늘이니

사람이 가지는 마음도
사람이 살아가는 과정인 환경이나
환경이란 다름 아닌 자기의 삶의 여건이니

인간이 모르는 것은
다름 아닌 자기가 있음이고 그 속에 사니

참이 보이지 않는다는 이야기다

사람은 사람이 세상의 주인인 것을
모르고 살아가니
사람은 육(肉)인 몸에 갇혀
구속된 채로 살고 있지

갇힘이란 심안이 없어서 보지 못해
스스로 갇히는 것이지
심안이란 마음의 눈인데
마음의 눈이란 형체가 없음이지

마음이란 다름 아닌
스스로 존재하고 스스로 있음이지
인간이 말하는 수많은 가지가지도
또한 마음이라

마음이란 없지만 있듯이
있음이 또한 없음임을
사람이 모르고 살아가지
지나가는 인생 길에 많고 많은 사연도
하늘인 마음이고

마음이 주관이 되어
수만 가지가 나오고 있는 것이지

마음이란 원래 없으나
천지만상 만 가지를 또 가지고 수렴하지
하나의 형체가 아주 미세한
하나의 신으로 되어 있지

가짐

사람들아 사람들아
진리는 무정이지만 무정 속에 유정이
있는 것도 또한 진리이어라
진리란 일체가 없어야 진리이지만
천지만상이 있음도 진리가 아니냐

천지만상을 낼 때 하늘의 뜻은
다름 아닌 조화로 내었지 않느냐
그 속에서 살아가는 모든 것은
욕심을 버리고
모두 공존하여 사는 삶을 배워야 하는
당연한 이치를 깨달아야 하지

자기의 개체가 있어 서로가 있으니
모두가 하나임을 알고
마음 없이 행함이 참의 진리지
참의 삶이란 가짐 없는 마음 가지고
살아가는 바른 삶이지
모두가 하나임을 알고 행함이 바름이지

모두가 전체임을 앎이 중요하지

인간의 삶은 욕심에 의하지 않고
순리로 그냥 삶이 완전한 삶이지
없는 가운데 사는 삶이 되면
나가 아닌 너가 되니
이것저것 싸움이 자연히 없어지고
순리의 삶을 살며 사람답게 되지

사람이란 원래 사람이니
사람은 먹고살고 하나가 되는 삶인
개체의 나가 없는 삶을 살아야 참의 삶이지

참의 삶이란 너나가 없고
참의 삶이란 지위 고하가 없고
참의 삶이란 둘이 아니고
세상의 연(緣) 그대로 사는 삶이지

나 없이 바람이 불면 부는 대로
나 없이 비가 오면 오는 대로
사는 삶이 진정한 참의 삶이지
참 삶이라는 것은 나가 없는 우리이고

전체인 진리를 알아 사는 삶이지

가짐이 없으면 병이 없고
가짐이 없으면 열심히 일하고
가짐이 없으면 남을 위해 일하고
가짐이 없으면 전체인 우리 위해 일하고
가짐이 없으면 희생할 줄 알고
가짐이 없으면 스스로 일하고
가짐이 없으면 불편이 없고
가짐이 없으면 하나가 되고
가짐이 없으면 그냥 살아가고
가짐이 없으면 진리에 살고
가짐이 없으면 순리에 살고
가짐이 없으면 괴로움이 없고
가짐이 없으면 번뇌가 없고
가짐이 없으면 마음이 없고
가짐이 없으면 개체가 없고
가짐이 없으면 하나가 되고
가짐이 없으면 둘이 아니고
가짐이 없으면 전체가 되고
가짐이 없으면 한마음이 되고
가짐이 없으면 스스로 존재함의 고귀함을 알고

가짐이 없으면 사람의 값어치를 알고

가짐이 없으면 생각 속에 살지 않고

가짐이 없으면 마음 없이 살아가고

가짐이 없으면 잘나고 못난 이 없고

가짐이 없으면 지위에 고하가 없고

가짐이 없으면 귀하고 천함이 없고

가짐이 없으면 마음 씀에 편중이 없고

가짐이 없으면 삶에 의욕이 있고

가짐이 없으면 잘 살 수 있고

가짐이 없으면 모든 걸 채울 수 있고

가짐이 없으면 하나의 진리에 들 수 있고

가짐이 없으면 화기애애하고

가짐이 없으면 모두가 나 되고

가짐이 없으면 나 위가 아니고

가짐이 없으면 참에 나와서 함께 살고

가짐이 없으면 마음 씀이 편안하고

가짐이 없으면 자기의 고집이 없고

가짐이 없으면 아만과 아상이 없고

가짐이 없으면 번뇌망상이 없고

가짐이 없으면 자기 잘났다 하지 않고

가짐이 없으면 주체가 나 아니고

가짐이 없으면 순리의 삶인

진리에서 살 수 있고

가짐이 없으면 연구가 저절로 되어
사람을 위하는 과학이 극에 달할 수 있고
가짐이 없으면 정치가 바르므로
모두가 안심하고 하나가 되는 삶 살고
가짐이 없으면 먹고삶이 평등하고
가짐이 없으면 문화가 극에 달하고
가짐이 없으면 자존심이 없어
싸움하는 일이 없고
가짐이 없으면
사회와 가정이 그지없이 편안하고
나라가 그지없이 편안하게 되지

가짐이 없으면 스스로가 하는 일에
충실하고 남을 위한 봉사하니
모든 이가 마음 놓고 살 수가 있고
도둑이 없고 강도가 없고
나쁜 마음 가진 이 없고
남을 괴롭히는 자가 없고
어디를 가나 하나이니 살 만한 세상 된다

사람의 가지려는 마음이
지금까지 세상에 있어
세상은 모두가 이것이 있고 저것이 있어
나만이 잘사는 이기적인
사회 나라 가정이 되니
불행의 연속이라 암흑의 연속이라

참마음이라는 것은 가짐 없는 마음
바른 진리라는 것도 가짐 없는 마음
하늘 땅 사람이 하나인 것을
아는 것도 가짐 없는 마음
사람이 오고 갈 곳 아는 것도 가짐 없는 마음
죽어 하늘나라 영생함도 가짐 없는 마음

하늘도 하나이고 땅도 하나이고
사람도 하나이어야 바른 세상이지
천인지가 하나이어야 바른 세상이지
바른 세상이란 가짐이 없으면 바른 세상이고
영생의 길도 이 길밖에 없지

종교도 사상도 철학도
가짐 가지면 바르지 않지

정치도 사회도 가짐 가지면 바르지 않지

하늘이 사람에게 가지지 말라고
성인을 통하여 가르쳤으나
그 뜻이 밝지 않은 이유는
가짐의 원인을 없애지 못했고
가진 마음을 완전히 버리도록
가르치지 못했고
또 어떻게 버리는지 알지 못해
사람이 하지 못했기 때문이지

하지만 하늘도 때가 있어
이제는 완전한 대도가 세상에 나왔으니
너와 내가 참의 세상에서 함께 살며
영생복락을 누리자

참

세

상

제 3 부

천지만물이 난 것은 | 나 없음이 진리다 | 사람이 일체를 살린다 | 고독한 마음 | 왜 천지만상이 사는가 | 삶 속에 있지 않는 삶 | 있음 없음 | 자유 | 전체의식 | 실상세계는 진리 된 의식 안에 있다 | 신(神)의 자리 | 있어 있다 | 만고의 진리는 | 조건에 살고 죽는다 | 정신개벽이란 | 신천지 창조 | 형상에 마음이 있어라 | 생사일여 극락은 하나라 | 천복 | 한얼이란 | 영생이란 | 천국이란 | 죄업이란 | 천지창조란 | 참 창조란 | 부처님 하나님 나라란 | 살아서 천극락 나야 천극락 살 수 있다 | 유무정이 하나인 진리라 | 사람이라야 천지를 살릴 수 있다 | 완전한 진리란 | 일체가 나 속에 있다 | 원래의 정신 | 전체의식 영생 | 신계 | 하나란 | 진리 자체인 자만이 진리를 낳는다 | 진리를 찾는 방법 | 진리 자리에서 계정혜를 깨치며 | 완전 해탈 | 빈 하늘

천지만물이 난 것은

천지만물이 난 것은
하늘과 땅의 조화로 난 것이라
우리의 인간도 천지조화로 나고
천지의 조화로 살다
천지의 조화로 간다

모든 형체 있는 것은
그 형체에 수명이 있고
조화에 따라 수명이 조금은 달라진다

있는 일체가 모두가 꿈이라
있는 것은 그 모양에 살다가
스스로 왔다가 스스로 간다

인연은 조건이고
조건이 과를 낳는다
모든 것은 인연에 의해 세상에 와서
인연에 살다 인연이 다하면
빈손으로 가는 것이라

그리운 사람도
아쉬운 사연도
사람이기에 있는 것이다
사람은 모두가 사는 것이 조건에 나고
조건에 살다가 조건에 가니
형체가 없어짐을
서로의 이별로 알고
울고 웃고 하지만
모두가 꿈 중의 꿈이라
모두가 하룻밤의 꿈이라

허망하다는 것도 사람이 있어 있고
슬프다는 것도 사람이 있어 있고
정에 우는 마음도
사람인 내가 있어 운다

그 정을 못 버리고
가슴에 남음은
그 마음이 있어서라
그 마음이 인지상정이라
사람이 없으면 정마저 없어라
그 정을 가슴에 간직한

나의 마음이 슬프고 애절한 것이라

모든 것은 자기가 날 곳으로
되돌아가서 없어짐을
돌아가셨다고 하는 것이다

우리가 온 곳도 일체가
없는 곳이고
우리가 갈 곳도 일체가
없는 곳이나
이 몸이 살아 죽은 자는
없는 가운데 그 의식이 있어
살아서 다시 나 영생을 하는 것이라

살아 죽는 자는 극락을 가는 것이라
극락도 사람의 마음이
살아 죽는 자가 가지는 것이라

이 천지가 사람 속에 의식이
진리로 난 자는
극락서 고통도 두려움도 슬픔도
일체가 없는 자리라

살아서 영원 영원히
살아도 지루함이 없고
원래인 진리와 하나라
죽음이 없어라

사람의 업이란
자기가 있어 살아온 삶에
집착인 가짐의 마음이라

업습이 하나이나
업에 습이 있어
그 습이 자기가 살던
마음에서 생기니
그것을 버려야
천극락 날 수가 있는 것이라

사람들아
형체가 있는 일체는
인연에 와서 인연에 살다 인연이 다하여
있는 모든 것은
언젠가는 모두가 없어지는 것이
진리 중 진리라

그 마음을 찾아
부처님 신선 신으로 다시 난 자는
하늘나라에서 영원 영원히 산다

내가 정신을 차려
고인과 조상을 살리는 것은
내가 부처님 되어
내가 살릴 수가 있는 것이다

무지한 중생은
그 모두가 그 삶에서
자기 속에 갇혀
그 의식이 깨어나지 못하여
죽고 말고
그 망념이 자기가 되어
윤회를 하는 것이라

자기가 쌓은 업대로
다시 태어나는 것이다
지금 사는 것을 보면
과거 나의 삶이듯
지금 사는 것이 후일의 나의 삶이라

세월이라는 것도
사람이 있어 있고
모든 것은 물거품이 사라지듯
없어지는 것이 진리라

있고 없고가 하나이고
없는 가운데 내가 정신을 차려서
다시 태어나 한 많은 인생을
그 한이 모두가 참이 되고
한이 없고
복 중 복인 천복을 가지고
사는 것이 현명한 자라

어리석은 자
이 땅에 가지고 가지 못할
허상을 쌓고
그 집착에 죽고 말지만
죽어서도 의식이 하늘인
진리에 난 자는 하늘 살고
천복도 하늘에 쌓은 자는
영생하면 그 복으로 사는 것이라

지혜가 있는 죽음이 죽음이 아니고
지혜가 없는 자는 죽고 마는 것이라
지혜란
천지만물의 근원인
하나님 부처님 자리라
그 자리는 전지전능한 자리라
일체를 다 알아 전지라
전능이란
일체가 다 이곳에서 온 것이라
이것이 천지의 조화로 나타난 것이라

사람들아
살아생전 천극락 가는 자가
천극락서 산다
몸과 마음을 닦고 버려
삶 죽음이 없는 경지에 가자꾸나
죽어서 갈 곳 아는 자가 되자
사람이 죽어도
지혜가 있는 자는
갈 곳을 알고
나와 삶을 알아 울지를 않는다

지혜가 없는 자는
형체가 없으니 죽음으로 아나
그 형체가 살아서
있다 없다를 아는 것이
의식인 부처님이고 신이고 신선이라

헌옷을 벗어던지고
참나가 살아 복 중 복이라
살아생전 나를 닦아
누구나 하나인 나라 가자
살아생전 나의 업습 닦고 닦아 천극락 가자

나 없음이 진리다

내가 없으면 내가 진리라
내가 전체의 관념으로 사는 것이라

나는 천지의 주인이라
내가 있어 천지가 있는 것은
나의 의식이 원래 천지라
내 속에 일체가 있는 것이라

하늘은 말이 없지만 일체가 하늘 자체라
일체는 스스로 와서 스스로 가고
있는 일체는 모두가 그것인 하늘이라

전체가 하늘이고
전체가 그것이고
전체라 진리라

내가 없어 전체의 관념으로
다시 난 자가 진리라
진리는 하나라

하나 자체라
내가 사는 것은
진리인 하나라 산다

무엇이 사람을 살리나
무엇이 사람을 죽이나
살아 죽는 자는 생사일여하고 극락 산다
다시 난 내가 진리라
나는 불국토에서
내가 없이 진리로 산다

이 천지가 불국토로
이 천지가 하나인 진리의 나라로
모두가 다 사는 것은
자기가 없어 진리로 남이라

말로는 하나가 되지만
참 하나는 진리가 됨이라
진리인 본성으로 되돌아가지 않고는
참 하나가 되지 않는 것이라

산 삶과 몸에 그 업습이 있어

자기가 되어 있는 것을
그 자기를 버리고 죽이면
다시 나서 참이 산다

없는 가운데 있고
있는 가운데 없는 것은
보는 관점이라
보는 일체가 진리라

살리는 것은
사람의 관념인 자기가 없음이라

나 없어 진리로 다시 나
영생하는 것이 무여열반이고
대반열반이라

진리로 난 자는 진리로
진리나라에 죽음이 없이 산다

사람이 일체를 살린다

유수세월 따라 바람처럼 살다
바람처럼 가버린 수많은 것들도
모두가 하나인 진리라

하나라 일체라
하나나라 살고 하나나라 있다

있는 것은 모두가 하나이고
없어진 일체도 하나의 나라
일체가 있는 것이라
사람이 죽어 다시 온 자가 없듯
사람이 죽었던 자가 몸 없어졌는데
다시 사람으로 있는 자가 없다

사람은 인연 따라 와서 인연에 가고
수많은 영웅호걸 성인도
사람이기에 있고
그것을 아는 자가 사람이라

바람으로 왔다가 바람으로 가고
일체는 바람이라
그 바람이 천지를 내고
그 바람이 천지라
바람 이전에 원래이고
바람이 나온 곳도 이곳이라
일체가 이곳에서 왔다가
이곳으로 간다

한얼 속에 정과 신이 있고
한얼이 정신이라

일체가 없는 것이 진공인 정이라
일체가 있는 일체는
정이 형체이고
신이 그 마음이라

마음과 형체가 둘이 아니요
형체가 곧 마음이라
있음인 의식이 참으로 되찾아 남이
새 생명을 받은 곳이고
새 생명 자리라

있는 것과 없는 것도 그 형체의 신이 있고
그것이 하나라
그 하나가 진리라 산다

하나는 완전하여 진리라
일체를 다시 살린다

고독한 마음

이루 말할 수 없었지
내가 진리라는 것을

못 보고 못 알아듣는 사람들이
나는 답답했지 나는 답답했지
나는 가슴이 정말로 답답했지

나는 말할 수도 없었지
나는 나만 알지 나의 뜻을

철없는 사람들을 나는 달랬었지
철없는 사람들 칭찬했지
마귀를 어르고 달랬지

가슴 아픈 시절이 서서히 가지
말 못하던 시절이 서서히 가지

덧없는 시간이나 그 시간도 필요했지
나는 친구도 나를 아는 사람도 없었지

눈물 나는 일이었지
그리움도 아쉬움도 한숨도 나는 날려버렸지
정말로 날려버렸지
나는 나가 누구인가 사람에게 말할 수도 없었지
말해도 믿지 않지

한의 시간이라 한의 날들이라
나만이 알고 나만이 애태우고
나만이 노래 불렀지

나의 노랫소리 아는 이가 없었지
나의 뜻을 아는 이가 없었지

나는 영생 가지고 있으나
가지고 있다고 말하지 않았지
한숨도 아쉬움도 나의 눈물은
글이 되어 흘러나왔지

부처란 이렇게 고독했다면
나는 부처가 되지 않았지

왜 천지만상이 사는가

영생천국도 사람이 진리가 될 때 가지는 것이라
나의 의식이 전체가 될 때 내가 살고
천지만상이 사는 것이라

나는 진리라
내가 되지 않고는 진리나라 살 수가 없고
진리로 다시 날 수가 없어라

진리는 하나라
진리는 일체가 다시 날 때 진리 자체라
나의 의식 속서 사는 것이라

그것이 천극락이라
천극락은 나의 관념 속에 있는 것이라

내가 진리로 다시 날 때 천지가 진리가 되어
다시 나는 것이 진리라 하나라
나의 의식 속서 영생천국 산다
내가 진리라

일체가 살고 과거 미래 현재가 다 사는 것이라

천국은 진리와 하나가 된 자가 가는 곳이라
천국은 진리나라라 진리만이 사는 것이다
일체가 하나 자체라 다 산다

있는 것을 내가 살린다
사는 것을 내가 살린다
일체는 내가 주인이라
일체는 나의 뜻에 산다
일체는 사람이 주인인 시대라

천국이라는 것은 하나의 의식 속 있고
하나가 나이라
내가 주인이라
일체가 산다
진리의 마지막은 사는 것이다

눈물과 근심 살고 죽음이 없고
영생하는 사람은 진리와 하나가 된 자라
하늘 난 자 하늘에 사는 것은
진리 의식이 진리나라 있어

그것이 사람의 의식 속에 있어
살 수가 있는 것이라

하나만이 진리라
하나만이 완전함이라
하나가 되면 일체가 살고
하나가 되면 진리나라라
사람의 의식이
천지의 주인으로 바뀌어 사는 것이
하나인 진리라

진리는 자유라
진리는 삶이라
진리는 생명 자리라 생명 보급처라
진리는 영생이라
진리는 천국이라
진리는 사람이 주인이라
진리는 전지라
진리는 전능이라
진리는 하나라
진리는 완전함이라
진리는 개체가 전체라

진리는 막힘이 없고 걸림이 없고
일체가 드러나는 것이다

진리는 일체를 밝히고 일체를 가진다
진리는 부족함이 없다
진리는 사람을 살린다
진리는 천지를 살린다
진리는 만상을 살린다
진리는 영생천국 만든다
진리는 내가 살고 내가 산다
진리는 영원 영원 영원 영원 그 자체라

삶 속에 있지 않는 삶

하늘 땅이 사람의 의식 속에 있는 자는
하늘에 난 자라
땅의 의식이 하늘로 다시 난 자는
일체가 하나라 극락이라 천국이라
하나라 하나 자체로 너나가 없는
완전한 진리로 되돌아가서 삶 살구나
정신 차려 살구나

모양 찾아 모양에 속고 속아
사람이 모르는 것은 그 참이라
그 참을 사람이 눈으로 못 보고
모양에 있음 보니 사람은 사람 같아라
돼지는 돼지 같아라
사람 중 참이 있으나
그것을 보고 알고 가지는 자
복 중 복이라
사람의 한이 자기가 있어
참마음 모른다

흐르고 가고 있고 모두가 진리라

인간이 흐르고 가고 있고 만든다

나가 있어 희로애락

나가 있어 일체의 상과 마음 그린다

나가 없으면 삶 살되 삶 속 있지 않고

그냥 산다

모든 것은 인과(因果)라 스스로라

저절로 인의 과가 순리라

있음 없음

나를 잃고
나를 버리고
나란 놈을 죽이고 나니
나는 없음이라
아무리 죽이고 죽여도
나는 진리라

진리라
유무정이 하나라
있음이 없음이라
없음이 있음이라
안팎도 모두가 그냥 터져 있어라

자유

한숨도 내가 있어
고통도 내가 있어
나는 하나의 그것에 매여라
홀연히 나를 참으로 벗어던지면
나는 없고
진리가 살아라
진리는 막힘도 걸림도 없어라
후회도 없이 탁 트인 하나라
자유여
대자유여

전체의식

도통이란
무형의 진리에서 유형의 진리로
다시 나는 것이 도통이라
없음이 있음을 낳고
없고 있고가 하나 자체라
우주의 수많은 것도
모두가 하나인 진리 자체라

진리란
원래의 하나인 의식이라

하나님이란
의식이라
일체 알고 일체 행하는 전능이라
천지 이전에도 있었고 천지 이후에도 있는 것이라

하나님이란
천지를 창조하신 분이라

하나님이란
진리 자체라
사람이 다시 사는 것도 하나님인
성부 성령으로 다시 난 자는 사는 것이라

성부 성령이란
사람의 몸과 마음인 정신이라
원래인 의식으로 다시 난 자가
개체가 전체인 의식이라
자기 속서 진리로 산다
그래서 부활이고 영생이라
전체의 의식 나라가 천극락이라

모양이 있음과 없음이 하나라
전체 모든 것
진리로 다시 나는 것이라
진리는 사람이 진리인 부처님 신으로
다시 날 때 삼라만상이 부활되어
일체가 다 산다

사람의 의식 자체가
진리로 다시 나 사는 것이

진리나라고 진리의 삶이라
사람이 살아서 천국 극락을 보는 것도
사람 속 진리인 우주의 의식이 있어
천극락이 우주가 진리로 보는 것이라
그것이 하나인 진리나라라
그것이 자기의 의식 속 있어
진리로 된 의식이 우주라
천상을 볼 수가 있는 것이라

천극락은
하나가 된 나의 의식 속에 있어
모두가 하나인 진리라
영생천국 나서 산다

실상세계는
진리 된 의식 안에 있다

천상세계란 나 속에 있어
있는 이곳도 나의 진리 의식 안에 있으면
이곳이 천상이라
모두가 진리로 다시 난 것이 천극락이라

살아서 죽는 자 하나님 나라 살고
하나님 자식으로 영생천국 산다

살아서 자기의 업과 습을 닦은 자
업습을 버리고 죽이면 하나님을 볼 것이다
자기가 있고는 하나님이 보이지 않고
자기가 없으면 하나님을 볼 것이다
이것이 산제사라
진리는 이것만이 진리라
이곳이 새 생명 받는 곳이라
새 생명 보급처라

이곳만이 신의 아들로 다시 태어난다

이곳만이 천지만상이 나온 곳이요 가는 곳이다
천국도 이곳이고
진리가 된 유정 일체가
이곳서 산다

신(神)의 자리

사람들아 마음 닦는다는 것은
인간의 업인 자기가 기억된 산 삶이고
인간의 습인
몸을 버리고 죽이면
진리나라인 우주의 근원인 마음의
이전 자리인 신의 자리가 나오는 것이라

신이란
하나라 한얼이고
정과 신이라
법보이고 성부 성령이라
천지를 창조하고 수렴하는 자리라
모든 성인이 이 자리를 말한 것이라

이 자리를 가진 자가 진리나라 살고
생사일여(生死一如)라
삶과 죽음이 없는 것이라
사람이 세상 나서 진리로 나지 않는 자는
무덤 속에 갇혀 죽음이라

죽음이란

의식이 살지 못하면 의식이 없음이라

사람도 살아서 있다 없다도 의식이 하는 것이라

그 의식이 진리로 못 난 자가 죽고

그 의식이 자기의 업습의 환으로 나서

사는 것이 윤회라

진리 난 자는 진리에 살고

땅에 난 자 땅에 살아 지옥이라

모든 것 일체가 하나님 부처님과 하나라

천극락 사는 자는 진리 된 자라

하나님 부처님을 닮게 만든 것은

마음인 의식이라

의식이란

뜻을 아는 것이라

진리라

이 진리로 다시 날 때

마음을 닦은 자는 본존불로 다시 나 사는 것이라

사람은 밖에서 일체를 얻으려 하나

밖에는 진리가 없고

자기 속서 마음 닦아 찾아야 찾아진다

마음 닦고 진리를 가진 자는
부족함이 없어 정신의 부자라
버리고 죽여
본정신 되찾는 것이 진리라

있어 있다

말 없는 자연의 뜻이라
일체는 조건이라
일체는 인연이라
인연이 조건이라

일체는 있고 없고가 진리라
일체는 있는 것이라
있는 것이 사는 것이 진리의 세계라
진리의 세계는 있는 것이 있는 것이라

일체는 마음에 나고
일체는 마음에 살고
일체는 마음에 가고
일체는 마음에 산다

나고 죽고가 없다
그냥 있으나
일체의 것은 그냥 있음의 하나의 형체라
일체가 살고 있는 것은 있어 살고

있어 사는 것은 일체라

일체는 스스로 왔다가 스스로 가는 것이라
스스로 왔다는 것은
전체가 개체로 있음이라

있음이란
그냥 있는 것이라
그냥 있다는 것은
전체의 모습이라

일체의 모습은
없는 곳에서 와서
없는 곳으로 간다

만고의 진리는

일체가 없는 것이라
일체가 없는 것조차 없는 가운데
뜻인 의식이 있는 것이라

그 없음과 뜻이 진공묘유라
이 진공묘유가 만물의 형체라
만물은 전지전능한 진공묘유가 창조한 것이라
이 진공묘유에서 보면 창조이고
사람이 보면 만물은 조건에 난 것이라
또 만물은 스스로 왔다가 스스로 가는 것이라

도를 득한다는 것도
내가 죽어 진공묘유인 진리가 되어서
다시 난다는 것이라
다시 난다는 것은
나가 진리가 되어 나가 산다는 것이라

사람과 만물은 세상 난 이유가 있다
그것은 진리이나 진리를 알지 못하면

망념에 살고 망념으로 죽는다
일체가 진리 되어 사는 것이
우주의 마지막 진리라

부족함이 일체가 없고
일체를 가진 개체가 주인이 될 때
일체가 완전함으로 되돌아가는 것이다

진리는 하나이고
있는 만상도 그 하나의 표상인 것이라
사람의 의식이 전체인 하나가 되었을 때
개체가 살고
만상만물이 하나인 진리나라 산다
이것이 만고의 진리다

조건에 살고 죽는다

흐르는 강물이 흘러가는 건
모든 것이 조건에 흘러 흘러 바다로 간다
일체는 사는 것이 강물 같아 조건에 산다
있는 일체 모두가 조건이라
그 조건이 만물을 있게 하고
살게 하고 죽게 하는 것이라
도를 살아서 해야
살아서 죽어야
살아서 영생천극락 날 수가 있다
일체는 하나이고
그 하나가 만물과 만상이라
하나가 완전함이라
하나가 조건에 나타남이라
그것이 자연의 법칙이고
신의 뜻이라

정신개벽이란

정신이란

진공묘유라

사람의 원래의 본정신이 진공과 묘유라

이것으로 되돌아감이

정신이 신으로 살고 불국토가 되는 것이라

천지가 신천지가 되는 것은

사람이 신으로 거듭나서

사람의 의식 속에 천지가 거듭나서

영생천국을 이룸이라

하나가 된 것은

천지가 다시 열리는 개벽이 되어

일체가 사는 것이라

모든 것은

사람의 의식 속에 있어

사람이 주인이라

사람 뜻에

살고 죽는다

신천지 창조

신천지 창조란
진리가 되는 것이라
진리로 난 자 다시 다 산다
물 바람 소리가 모두가 진리라
또 그것이라
자기가 찾는 것이 진리라
진리가 자기 안에 있다
심신이 하나라
신과 심신이 하나라
하나가 일체를 다 나타내고 그 하나가 살린다
인간이 최고는 인간 속 진리가 있어서라
나고 살고 죽고가 하나라
일체는 자체가 산다
인생은 하나의 꿈이라
꿈이 있으면 실도 있는 것이라
하나나 꿈 못 깬 자는 꿈이라
날 밝아 일하자
아이들아 참 나왔다

진리인

진공 있는 자가 사는 것이라

천지를 내가 죽여 다시 창조하고

내 속에서 창조가 된 천지만상은

나와 함께 영생하는 것이라

천인지가 하나인 진리인 나라

나의 관념이 전체로 다시 나 산다

전체라 진리라 하나라

완전함이라 하나라

다시 탄생된 진리는 인간이 주인이라

인간이 천인지 죽여 천지 살린다

천지의 주인인 사람 뜻에 천지가 산다

나와 천지가 죽어 나와 천지가 다시 나 산다

사람이라야 천지를 살린다

사람의 뜻에 천지가 산다

사람이 진리로 난 자는 진리라 사는 것이라

하나라 진리라

일체가 하나 자체라

참이란 순리라

일체가 진리라

형상에 마음이 있어라

흐르는 물결 따라 생은 사는 것이라
물결은 바람이 휘날리기도
물결은 출렁이기도 부딪치기도 하고 있다
수많은 사연이 사람과 같아라
사람도 살다 보면
소도 보고 중도 보고
수만 가지 일이 사람의 삶이라
사람의 있음이라
있는 모든 것은 그 형상에 살고
형상에 마음이 있어 그 마음에 의해 산다
그 마음이란
꼴이라
사람도 만물도
모양에 꼴값을 하고 사는 것이라
그 환경에 일체가 마음이 나는 것이라
천지만물은
부처님 하나님의 자식이라
천지만물은
진공과 묘유라

정과 신이라

음과 양인 보신불과 법신불에 난 것이라

성령과 성부가 천지만물을 낸 것이라

한얼 속에

정과 신이 있는 것이라

생사일여 극락은 하나라

완전함이란
정과 신을
사람이 찾아
진리로 나는 자가 영생천국 나서 산다
이것이 생사일여(生死一如) 극락이나
둘이 아닌 것이라
천극락도 사람이 진리로 거듭날 때
천극락의 주인이 사람이라
사람 속 일체가 있는 것이라
사람이 진리 자체라
사람 뜻에 천인지가 사는 것이라
사람이 천인지를 살리고 사람이 없으면
우주도 만상도 의미가 없어라
사람 뜻에 일체가 있어라
천인지가 사람 속에서 하나로 합일이 되는 때라
원래인 본존불이고 하나님으로부터
새 생명을 받아
다시 나는 것이 지금의 때라

천복

하나라
일체가 드러나
종교 사상 철학 학문 일체가
진리로 밝혀지고 진리로 행하여진다
이제는
어두운 밤이 날이 밝아 드러나고
알게 되는 때라
사람의 앎이 주관에서 객관으로
개체에서 전체인 우주가 알고 행하니
참이라 바름이라
이것이 지혜의 자리요
이것이 해탈 중 완전 해탈의 자리라
죄업이 없음을 아는 자리라
나의 의식이 전체로 다시 나
전체 우주가 본래의 신으로 다시 나서
우주가 하나인 신의 나라가
사람 속에 있어 영생천국 나서 사니
이것이 사상의 초월이요
진리의 마지막이라

진리의 더할 것이 없는 것이라
누구나 신의 자식으로 나서
신의 나라에 신으로 살 수가 있는 것이라
신은 하나라
신은 일체라
하나 세상에
하나인 진리로 영생극락 살아 천복을 누린다

한얼이란

한얼은 정과 신이라
정신은 진공과 묘유라
진공과 묘유란
성령 성부라 보신불 법신불이라

일체가 없고 없는 것조차 없지만 한얼 속
정과 신인 진공과 묘유가 있어라

마음마저 없는 자리라 묘유가 신이라
진공이 있어 몸이라
신이란 의식이라
의식이란 사물을 판단 분별 시비 하고 아는 것이라

몸과 마음이 둘이 아니라
진공과 묘유가 사람 몸과 정신이라
그래서 이 몸이 진공묘유인 진리의 원래인 우주라

사람 속에 진공묘유인 우주가 있어
사람이 진리가 되어

다시 나서 사는 것이라
정과 신이 사는 것이라
정신으로 다시 난 자라
영생천국 나서 산다

살아서 의식이 전체의식으로 다시 난 자라
죽어서도 그 자리에 있는 것이라
삶 죽음이 살아서 죽는 자는 없는 것이라

일체가 하나라
사람의 의식이 진리로 난 자가
전체를 가지고 신으로 부처님으로
영생천극락 사는 것이라

하나는 일체가 없는 것이고
없는 것조차 없지만
없는 가운데 의식이 있어라
그것이 부처님 하나님이라

살아 죽어
그 부처님 하나님의 분신으로 다시 난 자가
영생천국 나서 산다

법보화가 하나요
성부 성령 성자가 하나요
일체가 하나인 법보라
진공묘유가 천지만물이라
진리라 모두가 정신으로 산다
있는 일체가 진공과 묘유라
개체 속 전체가 전체 속 개체가 하나라
하나의 나라란
개체의식이 전체의식으로 다시 난 나라라

전체는 그냥 있었으나
개체의 망념으로 하나가 되지 못한 것이라

하나는 전지전능이라
하나의 나라 사는 것도
다시 난 정과 신이 사는 것이라
본정신 차린 자가 사는 것이라

본정신이란 몸과 마음 정신이라
이 몸이 살아서 움직이고
말하고 듣고 보고 냄새 맡고 감각이 있는 것도
전체인 우주인 정과 신이 하는 것이라

이 몸은 지수화풍의 조건에 나서
지수화풍의 조건에 살다가
지수화풍의 조건에 가는 것이라

이 몸은 정신 가진 자는 진리라 살고 천국 산다
살아서 삶과 죽음이 없이 사는 것이라
몸이 없어져도 전체인 우주의 의식을 가지고
그 의식 안에서 자기의 형체로 사는 것이라

전체 개체가 하나라 진리라
자기 속에 진리가 있어 자기가 진리라
하나의 나라 하나로 산다

살아서 죽는 자는 자기가 주인으로 산다
살아서 죽어 신과 하나가 된 자가
신으로 사는 것이라
다시 난 자가 진리라
진리나라 산다
진리는 하나인 것이라
삼라만상이 하나 자체라
하나가 된 자가
안과 밖이 없이 일체가 자기 안에 있어

자기가 주인으로 천극락 산다

진리나라는 과거 미래 현재가 없는 나라라
천지가 온 곳이고 천지가 갈 곳이라
우주가 하나인 유무정인 하나로
다 사는 것이 진리의 마지막이라
하나라 모두가 살고
하나라
진리라 영생천국 산다

영생이란

영원히 사는 것이라
영원히 산다는 것은
진리나라에 난 천지의 모든 것이 사는 것이라
우주는 원래 하나의 나라에
천지의 만상과 만물이 있지만
사람의 망념으로
하나인 진리의 나라에 들지 못하여
진리나라에 들게 함이 마음 닦는 공부라
개체가 전체인 진공묘유인
정과 신으로 다시 난 자가
영생천국 나서 산다
본정신 차린 자가
영생천국 나서 산다

천국이란

나의 의식이 원래인 정과 신인

진공묘유로 거듭나서

진공묘유가 정과 신인 나라

진공묘유와 내가 둘이 아니라

삼라만상 일체가

나의 진리 된 정과 신으로 다시 나서

하나의 나라에서

있는 모든 것이 영생하는 것이라

이 나라가 하나의 나라로

영생하는 곳이고 천국이라

천국은 내가 가지는 것이라

내가 전체인 우주 자체라

내 속에 천극락 가지는 것은

나의 의식이 전체인 진리로 다시 나는 것이라

내가 살아 나를 산제사 지냄이라

산제사 지내야

내가 사는 것이라

천극락 가지는 것이라

죄업이란

죄업이란
자기가 산 삶이라
산 삶에서 가진 마음이
죄업이라
원죄란
내가 태어나기 이전
부모의 망념으로부터 와서
그 모양에 마음이 있어
원죄가 있는 것이라
죄업을 벗고 사는 것은
업습을 벗는 것이라
산 삶과
몸을 버리고
죽이는 것이라

천지창조란

천지는 정과 신에서 난 것이라
일체가 난 것은 정신에서 나고
그 정신이 조건에 나타나는 것이라
지수화풍으로 나타난 것도 맞고
전능하신 하나님이 창조한 것도 맞는 말이라
창조는 하나님이 그 전체의식에서 볼 때
하나님이 창조한 것이고
지수화풍이란
개체가 난 것을 보고
조건을 이야기한 것이라

참 창조란

진리가 되게 하는 것이라
물질 창조에서 사람이 진리가 되어
정신 창조하는 때라
세상의 물질은 모두가 조건에 와서
조건에 가는 것이라
그 물질을 진리로 다시 부활시켜 영생하는 것은
사람이 진리가 될 때 하는 것이라
사람이 있어 우주가 있고
사람이 있어 만상과 만물이 있어라
있는 모든 유정을
원래인 진리로 다시 나게 하여
진리로 살리는 것이 정신 창조라
정신 창조가 영생천국 살리는 것이라
이것이 참 창조라

부처님 하나님 나라란

우주의 본성이 부처님 하나님이라
본성이란 하나라
부처님 하나님은 아니 계시는 곳이 없고
부처님 하나님이 아닌 것이 없다
우주가 부처님 하나님이고
만물이 부처님 하나님의 자식이라
분신이라
모양이 없음이
모양이 있음이고
모양이 있음이 없음이라
이것이 하나라
정과 신이 만물의 형체에 있어
그 모양에 사는 것이라
만물은 서로 다르게 사나
모양의 꼴값을 하고 사는 것이라
모두가 그것인 하나라
그것인 하나란
부처님 하나님의 표상이라
하나님 부처님 나라란

일체가 우주의 본성인 진리의 나라라

부처님 하나님 나라란

이곳은 둘이 아닌 하나의 나라라

전체가 하나로 된 나라라

사람이 부처님 하나님 나라라 하는 것은

자기의 업습으로부터 벗어나서

진리의 의식으로 난 것이라

진리의 의식이란

하나의 신인 진리로 합일하는 것이라

그 의식이 전체인 부처님 하나님이 된 자가

그 하나님의 나라 산다

의식이 진리라

영생천국 산다

살아서 천극락 나야
천극락 살 수 있다

마음이 편안한 것은
마음이 없어야 편안하고
마음이 없는 것은
없는 것이 아닌 진리의 마음일 때
완전히 해탈이라

세상의 일체가 마음이라
그 마음이 하나일 때 일체가 이루어지는 것이라
이루어진다는 것은
있는 것을 있게 하는 것이다
있는 것을 있게 한다는 것은
일체가 하나로 사는 것이라

사람도 자기가 없고 진리인 자기가 있을 때
참 자기를 찾아 가지는 것이나
그 자기는 나가 없는 자기라
그지없이 편안한 완전 해탈된 자기라
삼라만상이 하나이고

삼라만상이 사는 것은
해탈된 자기가 있어 하나이고 사는 것이라

사람이 말로는 안다는 것은 자기의 관점이지
참 자기의 앎인 진리가 아니라는 것이라
사람은 자기가 아는 것만큼 얘기하는 것이라
사람은 자기의 경험과 체험인
자기의 관념과 관습의 일체를
얘기하고 산다

진리는 그냥 살고
진리는 그냥 있는 것이라
일체를 놓고 일체가 보고 아는 것이 진리라
일체가 없어
일체가 있는 것은
없고 있고가 하나라

없는 가운데 유정인 의식을
찾아야 유정으로 날 수 있는 것이라
이것이 신이고 부처님이고
하나님이고 진공묘유라

사람도 그 망념인 업습을 가진 자는
그 업습에 진리가 아닌 환(幻)에 살고
그 환은 실(實)이 아니라
실이 아니라는 것은 그것은 망념이라
망념 가지고 죽은 자는 죽은 자라
그 망념이 떠돌고
그 망념에는 나가 없고 실이 없어 죽음이라

살아서 일체가 된 자는
망념이 아닌 실이 사는 것이라
일체는 하나인 근원으로 되돌아가서
하나로 다시 태어나야
진리로 다시 부활하여 나는 것이라

마음을 닦은 자는
참마음으로 다시 나고
참마음이 사는 것이라
진공묘유고 형체로는 정과 신이고
그 정신이 만상의 마음이고
사람이 개체가 전체가 될 때
개체 전체는 하나라

이 하나가 하나님의 나라이고
이 나라에서 삶 죽음이 없이 산다
이 몸은 없어져도 그 정과 신이 사는 것이라
원래인 법신불과 보신불로
합일하는 자가 하나님의 나라 태어나
하나의 나라 산다
그 하나의 나라는
자기가 본존불과 합일하여
본존불 자체로 본존불의 나라에 살고
개체지만 나라이고
나라가 개체라

하나가 된다는 것은
자기가 살아서 일체가 죽는 자라
살아서 의식이 하나인
진리로 다시 나지 않는 자가
하나의 나라 살 수가 없는 것은
자기의 업습에 가려 그 망념이 죽음이라
진리이지 않아 살 수가 없는 것이라
진리라는 것은 원래부터 있었고
없어지지 않는 것이 진리라
진리나라에 진리로 난 자는

진리 자체라 없어지지 않고 영생불멸이라

이 나라가 천극락이고

이 나라가 자기 속에

전체와 하나가 된 자가 가지는 것이라

이 나라가 진리의 나라라

천극락은 죽어 가는 것이 아닌

살아서 의식이 진리가 된 자가

가지는 것이라

살아서 의식이 진리가 되지 않으면

죽어서는 그 망념이 진리이지 않아

살 수가 없는 것이라

죽어서 천극락 간다는 것은

살아 의식이 깨어 있지 않는 자는

갈 수가 없다

유무정이 하나인 진리라

도인은 사람이 볼 수가 없고
신선도 사람 눈에 나타나지 않는 것이라
이 말은 사람이 의식이 깨어 있지 않아
자기의 관점에 보기에
진리가 보이지 않는다는 이야기라

진리라는 것은
개체의식이 전체인
부처님으로
난 자가 진리라

원래 부처님으로부터 몸과 마음을
다시 받아 진리로 난 자가
도통이고 진리의 완성이라
우주라 유정 무정이라

무정이 없는 가운데 의식인 신이 있고
그 무정인 일체가 없는 자리를 넘어야 신이라
신의 자리는

자기가 참으로 남음이 없고
죽음을 넘은 자가 신으로 다시 나는 것이라

신으로 난 자는 죄업이 없음을 알고
신으로 난 자는 진리라
신으로 난 자는 자기가 죽어 없어야 신이라
완전 해탈이라
새 몸과 새 마음인 정신이
신으로 다시 나서
자기의 의식 속 유정의 나라가 천극락이라
없음이 있음이고 있음이 없음이라 하나라

사람이 무정인 없음의 자리에서
진공묘유로 난 자는
몸과 마음이 다시 나
진리인 유정의 세계가
자기 속 있는 것이라

이 땅과 이 하늘이
자기의 하나 된 의식 속에 있어야
하나의 신(神)이라
형체 자체라

개체가 진리고 진리가 개체라

천인지가 사람 뜻에 모두가 구원된다

유무정이 진리인 하나라

영생천국 산다

사람이라야
천지를 살릴 수 있다

사람이 진리라 참 찾는다
하나라 진리라 순리라
있고 없고가 하나라
일체가 있고 없고 자체라

천지가 살고 천지가 진리라 하나 자체라
일체가 마음 찾고 진리 찾는 것이
하나가 되는 것이라
일체가 하나 자체라 모두 산다

하나는 진리라 사는 것이 하나 자체라
진리는 일체가 진리 자체라
진리는 하나이고
원래로 되돌아가는 것이 진리 자리라
원래에서 다시 나는 것이 진리가 되는 것이라

개체 전체가 하나 자체라
진리는 하나라 진리라

있는 일체가 진리 자체라 그냥 하나라
천극락도 사람의 의식 속에 있고
사람의 의식이 진리로 다시 나서
진리인 하나로 사는 것이라
모두가 진리라

무정이 천지 창조했고 유정이 천지를 살린다
의식으로 다시 나 살린다
사람이 하나인 진리가 될 때 살린다
다 사람이 살린다
하나로 살린다

완전한 진리란

마음 찾고 진리로 다시 나는 것은
일체 하나인 진리가 되는 것이라
나가 없고 진리로 나는 것이라
나로 다시 나서 진리로 살고
진리나라 다시 나 사는 것이 진리 중 진리라

일체가 하나 자체라 다 사는 것이라
나가 없고 진리로 나는 일이 어렵다고 말하나
먼 길 또한 아니라
나만 알고 산 삶이 닦기 힘든 것이라
자기가 없고 진리로 나는 것이 진리 중 진리라

깨쳤다 하는 것은 진리가 되었다는 것이라
자기가 없고 진리로 다시 난 자가 깨친 자라
하나 자체라 죽지 않는다
의식이란 뜻을 아는 것
전체의식이란 진리의 신(神) 자리다
신(神)으로 다시 난 자가 진리나라 다시 산다
일체는 하나 자리라

하나라 산다
한얼이란 정신이라
정신 차린 자가 진리라 산다

정신 차린 자 원래 부처님이 되는 것이다
신이 되어 하나 나라 신으로 다시 나 산다
진리로 사는 것이 진리라
하늘나라도 사람 속 의식이
진리로 다시 날 때
하늘나라가 의식 속에 있는 것이라

하나는 완전함이라
하나는 신의 자리라
일체가 다 하나 된 사람 뜻에 산다
사람이 천인지 중 주인이라
우주에 원래 의식 가진 자가 의식의 주인이라
유정으로 다시 나 산다
천인지를 살리는 주인이
사람이 되는 것이라

천인지 합일자가 사람이라
하나로 다시 나 모두 산다

일체가 나 속에 있다

극락의 세계가 사람 속 있고 사람 뜻에 산다
만상이 진리로 산다
삼라만상 모두가 사람이 주인으로 날 때 산다
만상 일체는 구원이 되는 것이라
천극락도 하나가 된 나 속에 있다
하나라 진리라
죽지 않고 영생하는 것이라
영생천국도 사람의 진리 된 마음속 있고
진리 된 의식 속 있다
진리로 다시 난 것이라

흐르는 세월도 나가 있어 있는 것이라
나 속에 일체가 있는 것이라
삶 죽음도 나가 있음이라
나는 진리라 사는 것이라
나는 주인이라 일체가 나 속에 있는 것이라 있다
천지가 바람이라
천지가 있음이라
사람이 있어 있음이 있는 것이라

있는 것은 진리가 있는 것이라
있음이 있는 것이라 있음은 삶이라
삶이 있어 천인지가 있는 것이라
나 속에 일체가 있다

원래의 정신

사람의 의식인 마음이 전체인 진리로 다시 날 때
새 정신을 차린다

새 정신이란
진공묘유의 신(神)과 몸을 받은 것이라

새 정신이란
관념과 관습이 전체로 다시 나는 것이라

개체가 전체이고 전체가 개체라
일체가 하나인 원래의 정신이라

있고 없고가 하나라
일체가 없는 정신이 일체 있는 정신과 하나라

일체가 진리라 일체가 있는 것이 산다
있는 것은 진리라

진리가 살 때 삼라만상이 사람 속에 있고

사람이 원래의 정신으로 다시 나서
사람이 주인이라
일체가 사람 속에 있어 사람이 주인이라

천극락도 진리가 된 나라라
천지의 일체가 진리라
다 살고 진리가 산다

하나라 완전함이라
하나 된 나라에 개체 전체가 산다
천극락에 하나로 영생한다

전체의식 영생

영생이란
사람 의식이 진리인 원래로 되돌아가서
새 정신으로 다시 태어나는 것이 영생이라
일체의 나가 죽어 진리가 되어
진리가 나이라
새 정신으로 다시 나는 것이 영생이라
진리의 나라가 정과 신의 나라라
그것이 삼라만상의 일체가
정과 신으로 다시 나 사는 것이 진리라
영생이라 일체가 하나라
일체가 사는 나라가 진리나라이고
영원히 변하지 않는 나라는
진리가 사람 속에 있고
사람이 주인일 때 영생천국 사는 것이다
사람 속에 전체가 있고
그 전체가 개체라 영생한다

신계

신계란
개체가 전체가 된 의식 속에
전체의 정신인 보신불 법신불의 나라이고
일체가 법보로 다시 난 나라라
있는 만상이 법보의 화신인 법보 자체라

사람의 의식이 전체가 되고
법보로 다시 난 자는 신이라
천지 만물만상을 자기 의식 속에 가지고 있어
그것이 진리라 신계인 것이라
이곳이 천극락이고
이곳이 진리나라라 영생불변하는 곳이라
이곳이 천지 만물만상이
진리로 나서 사는 곳이라
원래인 정과 신으로 난 자의
의식 속에 있는 것이라
의식이 진리로 다시 나 살고
영생천국 가서 사는 곳이 신계다

신계란 신의 나라라

신의 나라란 진리인 정신의 나라라

정신의 나라는 진공묘유의 나라이고

보신불 법신불의 나라라

성령과 성부의 나라라

진리의 근원 자리라

천지만상 일체가 이곳에서 와서

이곳으로 가는 것이라

사람이 살아 죽은 자가 진리라

사람 속에 진리나라가 있어 진리나라 살고

진리로 영생하는 것이라

진리로 산다는 것은 진리라야 살 수가 있고

진리라야 살 수가 있는 것은

원래인 진리라야 살 수가 있는 것이라

사람이 전체인 의식 가지고

진리로 난 자는 진리나라 진리로 사는 것이라

진리 된 사람 의식 일체가 있고

일체가 하나인 진리라

본정신으로 다시 나 사는 곳이 신계다

하나란

하나란 완전함이라
일체의 부족함이 없고
일체를 가지고 일체로 산다
진리라 일체가 하나의 나라에 모두가 살고
진리는 완전함이라
진리가 진리로 다시 나지 못하는 인간을
진리로 나게 하여 진리나라에 살리고
진리로 산다
하나인 진리라
하나인 순리라
하나인 정신이라
하나인 마음이라
하나인 진리라
영생천국 산다
하나라 막힘이 없고
하나라 진리 가져 전체로 산다

진리 자체인 자만이
진리를 낳는다

진리는
진리 자체가 아니고서는
진리를 가르칠 수가 없는 것이라
진리는 일체가 하나인 진리라
진리는 진리 자체가 사람일 때
가르칠 수 있는 것이라
음양의 시대라
음의 일체를 밝히고 나타내게 하는 것이라
음의 시대에 진리 자체가 나타나는 것이라
진리 자체라야만
진리를 가르치고
진리의 자식을 낳는다

진리를 찾는 방법

사람이 진리를 찾는 방법은
자기의 업습을 닦음이라
자기가 산 삶이 업이고
습은 몸에 붙어 있어
산 삶을 없애고 난 뒤 자기 몸을 없애는 것이라
일체의 남음이 없이 자기를 죽인 자가
하나님 부처님을 만나는 것이라
자기가 없는 자가 진리로
진리나라 다시 나서 영생천국 사는 것이라
개체의식이 전체인 정신으로 다시 난 자는
원래 자체라 죽음이 없고 사는 것이라
나가 죽어 천지 일체가 나 속에 있어
극락도 나의 인식 안에 있는 것이라
하나라 모두 사는 것이라

진리 자리에서
계정혜를 깨치며

없는 가운데 일체가 있고
있는 가운데 없는 것이 진리라

나를 움직이고 나를 조정하는 것은
진리가 하는 것이라

진공묘유란 일체가 없고 있는 것이라
있음과 없음이 하나라

하나가 완전함이라
하나가 진리라
사는 것이 하나라

일체의 참 생명은 의식이라
의식으로 다시 난 자가 사는 것이라

의식이란 뜻을 아는 것이라
뜻을 아는 것은

신(神)이 하는 것이라
신이란 없는 가운데 있는 것이라
있는 가운데 없는 것이라
하나인 진리가 사는 것이라

신이라 살고 죽고가 없는 것이라
살고 죽고가 없는 것
무정인 진리가 유정인 진리 낳아
무정인 진리의 원래가
유정인 진리의 원래로 나타날 때
진리가 유정의 자식이 낳은 것이라

진리의 자식이 난
진리의 원래로 되돌아가는 것이라
원래인 진리로 다시 난 자가 살고
진리 안에서 사는 것이라

일체가 원래에서 나서
원래로 되돌아가는 것이라
나의 인식인 진리가 과거 미래 현재가
하나의 진리로 다시 날 때 일체가 산다
진리는 하나라

진리는 사람이 진리가 될 때
천인지가 모두 사는 것이라
사람 속에 진리가 다 살린다
진리가 하나라 다 살린다

하나가 완전함이라
부족함이 없고
하나가 완전 자리라 내가 하나로 산다
전지전능 자리라
전지란 진리를 아는 것이고
전능이란 일체의 부족함이 없이 나타난 것이라

내 안에 일체가 진리 자체라
웃지도 못하고 울지도 못하지
사람이 지혜가 없어서라
사람은 자기 없이 진리로 다시 난 것이라

하나라 진리라 일체가 사는 것이라
하나의 나라 산다
천인지가 하나이고
천인지가 진리라
하나는 살고

하나는 진리라
하나의 나라 영생천국 나서 산다
천국은 사람 속에 진리나라가 있는 것이라

진리나라는 사람 속에 있고
진리나라는 주인인 사람 자체가
진리라
사람의 진리 된 일체가 하나라
하나라 사는 것이라
일체가 하나라 사는 것이라

진리는 사는 것이라
하나라 사는 것이라
진리는 순리라 산다
마음이 없고 하나라 내가 산다

하늘은 말이 없어도 일체가 다 있는 것이라
일체를
진리로 나게 하는 것이라

전능이란 지혜란
진리 자리의 의식이 지혜 자리인 것이라

완전한 진리는 있는 것도 없고
없는 것조차 없지만은
일체 있는 것이 완전함이라
있고 없고가 완전함 자체라

진리는 일체 있는 모든 것이 진리 자체라
하나 자체라
일체가 한 나라의 완전함 자체라
진리가 천지를 살리고
천지를 있게 하는 것이 완전 자체라 살리는 것이라
하나라 진리가 살린다
진리가 사람일 때 살 수 있는 것이라

살리는 것은
완전한 진리가 살리는 것이라
완전하다는 것은
부족함이 없다는 것이라

완전 해탈

새 생명 얻어 살아서 천극락 가는 것이 도다
자기 속 일체가 있는 도라

업의 일체가 과가 있는 것이라
자기가 없으면 업이 없다는 말이라

자기가 없으면
집착이 없고
자기가 없으면 하나라

자기의 업 따라 살지만
업 없는 자 과가 없다

완전 해탈은
진리 자체가 되는 것이라

나가 죽어 진리가 되면
전지전능이라

나로부터 일체가 난 것이라
전능이라

죄란
자기가 있는 자 있는 것이라

지혜란
진리 의식 가진 자가 지혜자라
진리를 아는 것이 지혜라
일체를 알고 행하는 것이라

무엇이 살고
무엇 찾나
일체 있는데도
진리를 못 보고 못 듣는다

빈 하늘

빈 하늘에 떠 있는
무수한 천체들은
하나같이 반짝이나
그 형체 다르지

인간도 하나의 사람이긴 하지만
그가 살아온 분위기 따라
사람의 마음이 각각이지

그 마음에 마음이 없음이란
모두 다란 하나가 되지
하늘의 천체 다 없어지면
하나인 것인 양
그것은 허공이지

말없이 허공은 있을 뿐인데
그 허공이 일체를 내고 받고 하니
보이지 않는 빈 하늘이 어머니이어라

참세상

우 명 지음

1판 1쇄 발행	1998. 10. 3
2판 1쇄 발행	2001. 9. 1
2판 8쇄 발행	2017. 2. 6
3판 1쇄 발행	2017. 9. 11
3판 3쇄 발행	2021. 8. 20

발행인	최창희
발행처	참출판사(주)
	서울시 마포구 성미산로3길 67 우편번호 03969
전화	02.326.5210(편집) 02.326.5209(영업)
팩스	02.325.1569
E-mail	chambooks@chambooks.co.kr
등록	2000. 12. 29 (제13-1147호.)

표지 및 내지 그림_ 우 명

ISBN 978-89-87523-31-6
ISBN 978-89-87523-32-3(세트)

가격 8,000원
잘못된 책은 구입하신 곳이나 출판사에서 바꾸어 드립니다.